Gertrud Svoboda

Kater Moritz

und sein kleiner Harem

Gertrud Svoboda

Kater Moritz

und sein kleiner Harem
Ein Katzentagebuch

Mit einem Vorwort
von
Patricia Highsmith

Herbig

Übersetzung des Vorworts von Patricia Highsmith aus dem Englischen von Anne Uhde

Für Hans

Mit der Menschenähnlichkeit der Kreatur wächst unser Leid bei ihrem Tode.
Alma Mahler-Werfel

Verlagsredaktion: Bernhard Struckmeyer
Schutzumschlaggestaltung: Peter Schimmel, München
Satz: Appl, Wemding
Druck und Binden: Welsermühl, Wels
Printed in Austria 1981
ISBN 3-7766-0987-7

PATRICIA HIGHSMITH

Zu diesem Buch

Löwen und Tiger werden zuweilen als große Katzen bezeichnet. Dagegen empfinde ich meine eigenen beiden Katzen (mehr als zwei habe ich nie gehabt) als kleine Löwen, als Miniaturausgaben ihrer großen Verwandten. Es ist wie ein kleines Wunder, wenn man sieht, wie meine Katzen durchs Haus schreiten oder wie sie schlafend daliegen, graziös in jeder Bewegung und auch im Ruhen. Hat jemals ein Mensch von einer Katze ein häßliches Foto gemacht?

»Katzen sind von niemandem abhängig«, so hört man immer wieder von Leuten, die Katzen nicht kennen; man lächelt dann ein wenig und stimmt höflich zu. Aber die kleinen Löwen, die sich entschlossen haben, mit uns zu leben, die man uns geschenkt oder gekauft und durch Liebkosungen dazu gebracht hat, bei uns zu bleiben und uns vielleicht sogar gern zu haben – sie werden schließlich emotional ebenso abhängig von uns, wie wir es von ihnen sind.

Und doch lebt in jeder Katze, auch in der höchstgezüchteten, ein primitiver Kern. Er besteht nicht so sehr aus Unabhängigkeit oder Gleichgültigkeit gegenüber menschlicher Fürsorge, als vielmehr aus einem Drang zur Selbständigkeit. Unter der Überschrift »Katzen« heißt es in der letzten Zeile der elften Ausgabe der Encyclopaedia Britannica: »Sie fallen leicht in die Gewohnheiten wildlebender Tiere zurück.« Das stimmt, damit ist eben die Fähigkeit gemeint, einen Vogel zu fangen, in Abfällen nach Nahrung zu suchen, auf der Flucht vor einem Feind plötzlich einen Baum zu erklettern, auch wenn die Katze den Baum erst im allerletzten Moment erblickt hat. Eine Katze versteht es, beim Fallen auf den Füßen zu landen. Dem Hunde ist das nicht gegeben; es kommt vor, daß er sich auf dem Grab seines Herrn wirklich zu Tode grämt, daß er jede Nahrung ablehnt und das Grab nicht mehr verläßt. Die potentielle Wildheit, die innere Freiheit gehören zum Charme der Katzen. Auch sind sie durchaus imstande, ihren Herrn

oder die Herrin zu lieben, obgleich sie es vor anderen nicht immer zeigen.
Gertrud Svoboda-Srncik hat in ihrem Buch eine Reihe von Erinnerungen an ihre vielen Katzen niedergeschrieben. Es gab da Maxi und Mimi, Moritz I. und Moritz II. Sie gehen verloren und finden sich wieder, und sie bringen manchmal unversehens den ganzen Haushalt durcheinander. Kommt man in das Landhaus von Gertrud und Hans Svoboda, so findet man sich in der Atmosphäre eines Heims, in dem Katzen nicht von morgens bis abends dominieren, wo sie aber so wichtig genommen werden wie ein lieber Verwandter, der hier zu Hause ist. Die Autorin hat daher eine durchaus realistische Einstellung zu ihren Katzen. Die Episode, die mich am stärksten berührte, hatte nichts zu tun mit der Klugheit von Katzen, sondern mit dem Tod, nämlich mit dem Tode von Mentschi am letzten Tag des Jahres 1977. »Die Metastasen sind greifbar«, sagte damals der Tierarzt. Hoffnung gab es nicht, und die Katze wurde deshalb mit Hilfe von zwei Nadeln eingeschläfert. Es war das Ende – jedenfalls das reale

Ende – einer Liebe zwischen Mensch und Tier. Der nächste Entschluß wurde nur zögernd gefaßt, denn Hans hatte Hunde eigentlich lieber. Aber es wurde dann doch eine Katze. »Besser gesagt – zahlreiche Katzen. Und ich kaufte bei Meister Holzmüller in Göllersdorf das erste einer Unmenge von blaukarierten Quartheften, um darin ihre Geschichten aufzuschreiben.«

Der fröhlich-lebendige Stil ihrer Schreibweise ist es, der die Geschichten von Gertrud Svoboda-Srncik, die glücklichen und die tragischen, zu einer echten Lesefreude macht. Es sind keine sentimentalen Anekdoten. Der Leser spürt die innere Verbundenheit und den Respekt, beides notwendige Substanzen der Beziehung zwischen Mensch und Katzentier.

Wann habe ich zum letztenmal in diesen Aufzeichnungen geblättert? In meinen Katzentagebüchern, die ich seit elf Jahren führe? Vor drei, vor zwei Jahren? Nein, später. Am letzten Tag des Jahres 1977 vor vier Jahren. Rundum im Dorf feierte man Silvester. Die Fenster der Häuser waren hell erleuchtet. Lieder drangen durch den Garten zu uns herüber. Und, kurz nach Mitternacht, Böllerschüsse. Der Platz neben mir, auf der Bank in der Eßecke, war leer. Und Hans sagte: »Du darfst das nicht so tragisch nehmen. Letzten Endes war er ja doch nur ein Tier!«

»Für mich war er wie ein kleiner, armer, bedauernswerter Mensch!«, beharrte ich und strich mit der Hand über das Polster, auf dem unser Kater sechs Jahre lang bei jeder Mahlzeit und auch sonst manchmal gelegen und geschlafen hatte. Ich schämte mich nicht der Tränen, die an diesem Abend auf die Seiten dieses Büchleins fielen. Erst lange nach Mitternacht raffte ich mich auf und machte diese Eintragung:

1. Jänner 1978. Wir haben Mentschi gestern, am 31. Dezember 1977, um 13 Uhr einschläfern lassen. Der Tierarzt kam aus Stockerau. Ein feiner, verständnisvoller Mann. Er stellte unseren Kater behutsam auf den Tisch, begann ihn vorsichtig abzutasten und ihm die Temperatur zu messen. Zwischen uns fiel zunächst kein Wort, aber ich sah ihm an, daß das Ergebnis seiner Untersuchung mit meinem Verdacht voll übereinstimmte: Mentschi war hoffnungslos krank. Wir würden uns von ihm trennen müssen.

»Gibt es keine Rettung, Herr Doktor?«

»Leider, nein!«, war seine Antwort. »Er kann nicht mehr verdauen. Die Nahrung steckt im Darm und kann nicht weiter. Die Metastasen sind greifbar ...«

Mentschi spürte nur den ersten Stich. Er zuckte kurz auf, dann streckte er sich, legte den Kopf zur Seite und begann stoßweise zu atmen. Seine Augen wurden glasig, ehe sie brachen. Ich stand vor ihm, streichelte sein struppiges Fell und atmete tief. Der Doktor und Hans starrten zum Fenster hinaus. Kein Wort fiel. Was dann kam, war eine Sache von Sekundenbruchteilen. Ein zweiter Stich, dann nichts mehr. Der Abschied kam eine Stunde später, als sich Hans im Garten durch die von Eis verharschte Erde gearbeitet und eine Grube gegraben hatte. Gerade so groß und tief, um die Schachtel aufzunehmen, in der unser Kater lag. Wir ließen es nicht zu, daß Maxi, jahrelang die Gefährtin Mentschis, bei dieser Prozedur dabei war. Sie schnupperte die ganze Nacht und auch heute noch sucht sie nach ihm. Im Garten, auf der Straße zum Bach, im Stadel bei den Birken. Er wird uns fehlen ... –

Im Herbst 1967 lief uns Moritz über den Weg. Wir hatten einen Spaziergang über die Felder, zu dem kleinen, zwei Kilometer entfernt liegenden Wäldchen gemacht. Dort, wo sich zwei Wege kreuzen, nahe der kleinen Kapelle, hüpfte er hinter einem Busch hervor und war nicht mehr abzubeuteln. Er strich um unsere

Beine, sprang zuerst mich, dann Hans an und schnurrte dabei so laut, daß seine Barthaare erzitterten. Dabei stellte er seinen Schwanz kerzengerade, wobei er mit seinem ranken, schlanken Körperchen einen rechten Winkel bildete.

Natürlich begann ich mit ihm zu tollen. Ich tupfte ihm auf die Nase, kitzelte ihn am Goderl, kraulte ihn sacht mit zwei Fingern hinter den Ohren. Er ließ sich alles gefallen, begleitete uns auch auf dem Rückweg und schlüpfte schließlich mit uns zur Haustür herein.

»Was sollen wir machen? Den kriegen wir nicht mehr los!«, sagte ich zu Hans. Er lächelte, antwortete aber nichts. Ich weiß, daß er Hunde lieber hat als Katzen. Und daß er sich damals sehnlichst einen »Schäfer« oder einen »Boxer«, am meisten aber einen ungarischen Hirtenhund gewünscht hat. Zahlreiche Besuche in Tierhandlungen und bei Züchtern hatten allerdings noch kein greifbares Ergebnis gezeitigt. Und in dem Augenblick, als ich still bei mir entschied, unseren vierbeinigen Zulauf zu behalten und ihn Moritz zu nennen, wußte ich und wußte er, daß es – zumindest in den nächsten Jahren – bei uns keinen Hund geben würde. So kamen wir auf die Katz. Besser gesagt: auf unsere (zahlreichen) Katzen. Und ich kaufte ein paar Tage später bei Meister Holzmüller in Göllersdorf das erste einer Unmenge von blaukarierten Quartheften, um darin ihre Geschichten aufzuschreiben.

23. Oktober 1967. Welch eine Überraschung! »Kater« Moritz ist gar kein »Er«, sondern eine »Sie«! Schon vorige Woche kam mir dieser Verdacht, als plötzlich in unserem Garten nicht weniger als sieben (!) Kater auftauchten, sich rund um die Terrasse verteilten, hinter Büschen und Bäumen, wie Denkmäler auf den moosbewachsenen Findlingen unseres Steingartens Posten bezogen und »ihm« aufzulauern begannen.
Gewiß nicht ihr erstes Rendezvous mit Moritz. Denn seit heute habe ich die Gewißheit: Die Katze, die kein Kater ist, erwartet Nachwuchs! Wenn ich das unserer Nachbarin, der alten Frau Schirmböck, erzähle, lacht sich die schief.
»Diese Stadtleut! Können net amal a Manndl

von an Weibl unterscheiden!«, würde sie sagen.
Aber ich werde schon noch lernen, mich mit Viechern auszukennen. Liebhaben allein genügt ja wirklich nicht.

30. November. Ich habe für unseren »Moritz« endlich den zu seinem, besser gesagt, zu ihrem Geschlecht passenden Namen gefunden: »Sie« heißt jetzt schlicht und einfach Minki. Heute ist sie in aller Früh auf mein Bett gesprungen, hat sich mir auf die Brust gelegt, die Pfoten eingezogen und mich sphinxhaft angestarrt. Dabei schnurrte sie laut und tief. Als ich um sechs aufstand, um das Frühstück zu machen, begleitete sie mich in die Küche.
Jetzt schläft sie, zusammengerollt, aber mit gespitzten Ohren, in der Eßecke und macht keinerlei Anstalten, diesen Platz zu räumen, obwohl sie weiß, daß heute die Frau Grüneis kommt und sämtliche Polster und Polstermöbel klopfen und bürsten wird.

2. Dezember, 17 Uhr. Ich glaube, heute schlägt Minkis schwere Stunde. Seit mittags ist sie

unruhig. Sie geht mir überall hin nach, verfolgt mich sogar auf den Lokus. Wenn ich sie verscheuchen will, weil sie ihre Vorderpfoten permanent auf die Schreibmaschinenrolle legt und mich an meiner Brotarbeit hindert, schaut sie vorwurfsvoll und beginnt zu knurren. Ob sie Schmerzen hat? Äußerlich kennt man ihr nichts an. Aber nach einer halben Stunde wird sie plötzlich fahrig, springt vom Tisch und beginnt an den Kästen zu kratzen.
Ich öffne die Truhe, in die ich schon vor Tagen über einen dicken Kotzen eine Plastikdecke und darauf ein gut saugendes Handtuch gebreitet habe, und lege sie hinein. Sie streckt sich und bleibt. Aber sobald ich sie verlasse, springt sie auf und geht mir nach. Da rücke ich den Sessel neben die Truhe, setze mich neben sie und warte ...
22.30 Uhr. Minki ist seit einer Stunde Mutter. Sie hat zwei gut entwickelte Kinder. Ein grauweißes und ein wildkatzenähnliches Mädchen. Ich nenne sie Mimi und Maxi. Gott, war das eine Aufregung im Haus, als sie endlich da waren! Ich habe schon dreimal das Handtuch gewechselt. Jetzt liegt Minki glücklich

schnurrend und völlig entspannt in ihrem blitzend weißen »Wochenbett«. Die Kleinen saugen schmatzend. Sie können noch nicht sehen, krabbeln aber munter unter dem Bauch ihrer Mutter umher. –

Katzenfreunde, die nur kastrierte »Schnurrer vom Dienst« in ihrem Domizil halten, werden sicher den Kopf schütteln, wenn sie hier über die »Zustände« lesen, die mehrmals im Jahr, nämlich immer dann, wenn Minki ihren Nachwuchs aufzog, in unserem ansonsten so peinlich sauberen Haus herrschten. Als die »Alte« nämlich zum erstenmal ihrer wichtigsten Erzieherpflicht nachkam, ihren beiden Mädchen Mimi und Maxi nachts eine lebende Maus brachte und diese just neben meinem Bett aus den Fängen ließ, blieb mir vor Schreck fast das Herz stehen.
Die folgenden Ereignisse bilden einen nicht unwesentlichen Teil meines Katzentagebuchs von Anno 1968. Aber selbst dann, wenn ich in jenen Monaten nichts schriftlich niedergelegt hätte, wären sie mir heute noch in Erinnerung. Schon deshalb, weil sich damals – nicht zum

ersten- und nicht zum letztenmal – mein Mann über mich herzlich amüsiert hat …

10. Februar 1968, fünf Uhr morgens. Ich bin wie gerädert. War das eine Nacht! Um elf, wir hatten längst das Licht ausgelöscht, hörte ich es poltern. An sich nichts zum Aufregen. Hans hat, um Minki das Ausgehen und Heimkommen zu erleichtern – Katzen sind schließlich Nachttiere und streunen am liebsten herum, wenn die Natur schläft –, an den Sprießeln unserer Weinlaube ein paar Bretter befestigt und darauf, parallel zur Hauswand, eine selbstgebastelte Leiter gelehnt. Die ist breit und bequem. Auf ihr wird sie, selbst im schneereichsten, eisigsten Winter, nicht ausrutschen.
Als Minki, wie gesagt, unter etlicher Lärmentwicklung, zum Fenster hereinsprang, ließ sie ein merkwürdig hohes, langgezogenes »Miau« ertönen. Es ging ihren beiden Kleinen auf dem Plaid zu meinen Füßen offensichtlich durch Mark und Bein. Sie richteten sich plötzlich auf, machten einen gewaltigen Satz und stellten sich mit zitternden Barthaaren und er-

wartungsvoll gespitzten Ohren vor sie hin. Im gleichen Augenblick sah ich etwas Schwarz-Graues über meine Bettdecke flitzen.

»Jessas, die hat uns eine Maus hereingebracht!«, schrie ich in Richtung meines friedlich schlummernden Mannes. »Na und? Is doch a Katz!«, murmelte er schlaftrunken.

»Um Gottes willen, tu was! Ich hab doch die Maus im Bett!« schrie ich in höchster Not.

»So was, wie kann man in deinem Alter nur sooo kindisch sein!« Jetzt war er endlich wach, erhob sich kopfschüttelnd und hielt nach der Maus Ausschau.

Die Katzen auch. Die Maus hatte sich mittlerweile in berechtigter Angst, von der unüberhörbar knurrenden Minki neu eingefangen und prompt aufgefressen zu werden, entlang der gedrechselten Pfosten meines Bettes zum Dachbalken hinaufgehangelt und äugte nun von dort auf uns herunter. Ein Bild für Götter muß es schon gewesen sein. Ich, mit angezogenen Beinen kerzengerade im Bett sitzend, mein Mann, der sich vor Lachen den Bauch hielt, und die Katzen, gierig zum Giebel starrend, wo die Maus war.

Zunächst geschah nichts. Dann ganz plötzlich, tat Minki einen gewaltigen Sprung und – als angstvolle Reflexbewegung, anders kann ich's mir nicht erklären, fiel die Maus von der Decke, plumpste ihr direkt vor die Beine. Was nun geschah, war eine Sache von Sekunden. Ein schneller Biß, dann wieder dieses merkwürdig langgezogene »Miau« der Mutter in Richtung ihrer Jungen. Mimi, die schnellere von beiden, schnupperte kurz an der Beute, ihre Pupillen wurden groß und schwarz und starr vor Gier. Dann begann sie genüßlich, Schwänzchen aufwärts, an dem Mäuslein zu nagen. Mittlerweile hatte aber auch Maxi Gusto bekommen. Sie begann zu fauchen, was sich bei ihrer Jugend so anhörte, als würde jemand ganz sachte auf einem Kamm blasen. Mimi ließ die Maus sofort los, und Maxi machte sich über sie her. Die Mama hatte sich inzwischen in einiger Distanz niedergelegt. Sie glich nun mit ihren weit von sich gestreckten Pfoten und dem starr nach vorn geneigten Kopf einer kleinen Sphinx.
Und sphinxhaft geheimnisvoll blieb für uns auch das, was in diesen Minuten in ihr vorge-

gangen sein mag. Aber was immer es war, eines ist sicher: Sie war mit sich und ihrem Nachwuchs einverstanden. Ihr lautes Schnurren verriet Wohlbehagen und Zufriedenheit.

23. Februar, vormittags. Nie hätte ich gedacht, daß in diesem Haus die Mäuse Reigen tanzen und ich solchem Treiben protestlos zuschauen würde. Das gewisse Phlegma hat mir Hans beigebracht. »Schau«, sagte er, »du hast es ja so wollen. Es war dein Wunsch, nicht meiner, daß wir der Minki zwei Kinder lassen. Jetzt müssen die natürlich aufwachsen. Und das geht nur, wenn sie auf Mäuse trainiert werden!«

So bin ich also in den vergangenen Nächten nur schwer eingeschlafen und immer wieder, wenn's endlich soweit war und ich von Müdigkeit übermannt in Morpheus' Arme gleiten wollte, aufgeschreckt. Denn es war stundenlang ein Kommen und Gehen, die bereits als charakteristisch erkannten Miau-Töne, schließlich das kurze Knacken von Mäuseknochen und dann, meist erst im Morgengrauen, Stille.

25. Februar. Jetzt bin ich übers Ärgste hinweg. Zwar beginne ich bei dem Gedanken, Minki oder die beiden eifrigen Kleinen könnten mir im Überschwang ihrer Lust bei ihren Spielen, diesem ständigen in die Luft Werfen und Wiederauffangen der Beute, eines Nachts die Maus erneut ins Bett schleudern, am ganzen Körper zu bibbern, aber ich halte meine Ängste in Schach. Es ist schließlich kein reines Vergnügen, wenn einem Nacht für Nacht das wiehernde Gelächter des Ehegespons' ans Ohr dringt.

3. März. Heute haben wir Maxi und Mimi zum erstenmal auf die Terrasse gelassen. Hans schaufelte einen schmalen Weg durch die fast meterhohe Schneedecke. Dann formte er kleine Schneebälle und warf sie nach den beiden. War das eine Hetz! Mimi steckte regelmäßig ihr rosafarbenes Schnäuzchen in die zerstiebende Flockenmasse, Maxi, die behäbigere von beiden, tappte schon in der Luft danach, drehte aber, weil sie nichts erwischen konnte, beleidigt den Kopf zur Seite und ging davon.

Minki weiß jetzt, daß ihre beiden Mädchen auf Mäuse gehörig scharf sind, und hat die Beutelieferungen zu nachtschlafender Zeit eingestellt. Auf ihrem Programm stehen derzeit Bauchaufschwünge, die blitzschnellen Rollen, die kurzen, tanzschrittähnlichen »Pas de deux«, kurz all das blitzschnelle Kampfgehaben, das eine Katze, die sich bei ihresgleichen und anderem Getier Respekt verschaffen will beziehungsweise muß, an den Tag zu legen hat.

5. März. Heute hat Mimi ihrer mütterlichen Trainerin in der Hitze des Gefechtes fast das rechte Ohr abgebissen. Es blutete heftig. Zunächst verlieh Minki ihrem Schmerz nur durch überlautes Knurren Ausdruck. Dann hob sie plötzlich die rechte Pfote und gab der Frechen eine derartige Watschen, daß diese, völlig perplex, rücklings in den dicht vor der Terrassentür liegenden Schneehaufen fiel.
Maxi schaute zu und schnurrte behaglich. Ihr ist so was noch nie passiert. Allerdings schaltet sie während der Übungsstunden auch regelmäßig auf »faule Welle«. Sie kneift zu-

nächst das rechte, dann das linke Auge zu, gähnt so laut, vor allem aber so großräumig, daß sekundenlang ihr Mäulchen von einem Ohr zum anderen reicht, legt sich um und streckt alle viere von sich.

Solche Bequemlichkeit paßt der Mutter gar nicht. Mit weit vorgestreckter Schnauze stupst sie sie zunächst am Kopf, dann beißt sie sie – ganz leicht – in den Schwanz. Aber Maxi schaut nicht einmal auf. Übrigens: außer Schnurren kann sie gar nichts. Das habe ich heute erst entdeckt. Während Mimi wie am Spieß zu schreien anfängt, wenn man sie in die Hände nimmt, läßt Maxi, ob ihr was paßt oder nicht, nur lautlos ihre stecknadelgroßen Zähne sehen. Hat sie keine Stimmbänder?

»Na ja, a kleine, herzige Mißgeburt!«, häkelt mich Hans. Ich geb ihm gar keine Antwort. Maxi, diese kleine Schönheit mit den Wildkatzenstreifen im nerzbraun-schwarzen Fell, ist eben ein Spätentwickler. Eines Tages wird sie schon ihr erstes, lautes »Miau« artikulieren. –

Als Mimi und Maxi zehn Wochen alt waren, wurden sie von ihrer Mutter zum erstenmal an den Bach geführt. Wenn ich heute zu dieser Stelle hinschaue, wo sich die beiden damals immer so gern im Gebüsch verkrochen haben, sehe ich nur Steine und Beton. Im Zuge gemeindeeigener Baumaßnahmen ist das munter plätschernde Bächlein längst »begradigt und saniert« worden. Sicherlich zu Recht. Denn wenn's gewitterte, schwoll die unscheinbare Wasserader prompt zum Sturzbach an, die Gischt schoß über die Straße und flutete mit geradezu furchteinflößender Eile in sämtliche an ihrem Rand stehenden Häuser. Ich habe einmal an einem solchen Abend, als grelle Blitze über unserem kleinen Dorf zuckten und Sekunden später der Regen zu prasseln begann, einen Blick ins Anwesen der Familie Gerstl gemacht, und mir ist vor Entsetzen fast das Herz stehen geblieben.

Im Vorhaus, in der Küche und im Wohnraum sah man keinen Boden mehr. Alles glich einer riesigen Lagune. Auf den brodelnden Wassermassen schwammen die Teppiche, die Hauspatschen, die Stiefel und die Schuhe. Auch ein paar Schemel hatten sich selbständig gemacht und schaukelten, während draußen der Donner krachte, wie winzige Schinakel auf der Wasseroberfläche.
Natürlich wirft jedes Licht seine Schatten. Eines Tages waren die Regulierungsarbeiten am Bach beendet, und da zeigte sich, daß er jetzt zwar gebändigt, schön brav in seinem tiefer gebaggerten auszementierten Bett fließt, jedwede Romantik jedoch in die Binsen gegangen ist. Wo früher ein herrlicher, alter Nußbaum stand, an dem im Herbst die Kinder und manchmal auch ein paar gierige Fremde wakker rüttelten, ist jetzt nur noch Wiese. Auch das Gebüsch, in dem Minki mit ihren Kindern so gern auf Mäuse lauerte, gibt's nicht mehr.
Wie es damals, vor zehn Jahren, hier ausgesehen hat, verrät mir nur noch mein Katzentagebuch. Unter dem *10. Juni 1968* lese ich:

Abends 22 Uhr. Wir saßen nachmittags gerade bei Kaffee und Torte – Hans hat heute Geburtstag –, da hörte ich plötzlich Minki miauen. Es war ein eigenartiger Ton. Seltsam hoch und seltsam abgehackt. Ein sehr ungestümes Stakkato.
»So was«, sagte ich.
»Was, so was?«, fragte Hans.
»Na, hast du nicht gehört, daß die Minki ganz ungewöhnlich miaut hat?« gab ich meinem Mann zu verstehen.
Er schüttelte den Kopf. »Du mit deinen Katzen! Was heißt ungewöhnlich? Wie eine Katz halt miaut. Gar nicht anders als sonst!«
»Also weißt du«, erregte ich mich, »wenn du das nicht hörst! Das sind doch ganz andere Töne!« Und ich versuchte sie nachzuahmen.
Er schaute mich zunächst entgeistert an, dann begann es ihn zu schupfen. Zunächst sah ich nur auf sein auf- und abwippendes Zwerchfell, dann aber, als er ein lautes Ha-ha-ha erschallen ließ, merkte ich, daß ihm bereits die Tränen über die Wangen liefen vor Lachen.
»Was ist denn da gar so lustig?«, fragte ich irri-

tiert. »Du wirst mir doch nicht erzählen wollen, daß du das nicht hörst! Die Minki miaut heute anders als sonst. Irgendwas ist los!«
Na, wenn du meinst, Frau Lorenz!«, erwiderte Hans und grinste immer noch.
»Was heißt Frau Lorenz?«, sagte ich pikiert.
»Na ja, der Konrad Lorenz spricht mit seinen Graugänsen, und du verstehst dich auf die Katzensprache. Ich hab dir nur ein Kompliment machen wollen!«
Möglicherweise hätte unsere Diskussion zum Disput geführt, wäre Minki nicht plötzlich neben meinem Sessel aufgetaucht. Sie stellte sich auf, legte mir ihre Vorderpfoten auf den Schoß und machte »Mi, mi, mi!« Dabei schaute sie unverwandt in die Richtung, wo etwa zehn, zwölf Meter unter der Terrasse der Weg zum Bach führt.
Ich stand auf. »Irgendwas hat sie!«, sagte ich.
Und da sah ich auch schon das Malheur. Mimi hockte auf dem Ast eines Strauchs, der direkt über dem Bach hing. Jeden Augenblick konnte sie ins Wasser sausen. Sie schrie fürchterlich. Maxi, die Vorsichtige der beiden Schwestern,

saß knapp unter ihr auf festem Boden und starrte sie interessiert an.
Wir liefen hinunter, konnten Mimi jedoch nicht erreichen, denn das Erdreich war vom heftigen Regen der vergangenen Nacht stark aufgeweicht, und jeder Schritt hätte garantiert eine Rutschpartie in den Bach bedeutet.
»Was machen wir nur?«, fragte ich Hans.
»Wenn wir den Zweig zurückbiegen, fällt sie hinunter! Red ihr gut zu. Ich lauf ins Haus und zieh mir meine Gummistiefel an!«, erwiderte er. »Von der Bachseite krieg ich sie schon!«
Der langen Rede kurzer Sinn: Mimi liegt jetzt neben mir ausgestreckt auf dem Schreibtisch und starrt mich aus ihren bernsteinfarbenen Augen schläfrig an. Hans hat sie, knapp bevor sie von ihrem dünnen, schwankenden Ast abrutschte, noch erwischt. Als er sie mir in die Hand legte, war sie sehr erschöpft. Sie hatte sich mit dem vielen Schreien total verausgabt. Ihre Mutter leckt jetzt abwechselnd mir die Hand und ihr das Fell. Wir sind alle froh, daß die Rettungsaktion geglückt ist.

22. August, 10 Uhr. Gestern bin ich spät herausgekommen. Eigentlich wollte ich die Nacht über in Wien bleiben, aber dann hab ich mir's anders überlegt und bin losgefahren. Als ich gegen zehn aus dem Auto stieg und mich daran machte, die Taschen mit der Wäsche und den aus der Wäscherei geholten Vorhängen aus dem Kofferraum zu holen, hörte ich plötzlich sehr fern, aber doch sehr deutlich, das durchdringende Miau einer Katze.
Na, da liegen wieder einmal ein paar Kater auf der Lauer, dachte ich und wollte die Gartentür hinter mir zusperren, als plötzlich aus der Dunkelheit eine Gestalt vor mir auftauchte.
»Die Maxi ist nicht da! Ich hab sie schon den ganzen Nachmittag gesucht. Seit Mittag ist sie verschwunden!«, sagte Hans.
Im gleichen Augenblick spürte ich etwas Weiches an mein rechtes Bein anstreifen, ich langte hinunter, spürte Minkis feuchte Nase und hörte ihr heftiges Schnurren.
»Wie ist denn das passiert?«, wollte ich wissen. »Hast du denn nicht aufgepaßt?«
Hans hörte sofort den Vorwurf in meiner Stimme, sagte aber nichts. Im selben Moment

hörte ich wieder diesen hohen, langgezogenen, kläglichen Ton, der sich in der absoluten Stille der Nacht fast gespenstisch ausnahm.
»Du, zum Schluß ist das die Maxi? Hörst du nicht das Miauen?«
»Ja, da schreit eine Katz!«, sagte Hans. »Die ist vielleicht wo eingesperrt und kann nicht heraus!«
Ich ließ alles liegen und stehen, wir hasteten über die Straße in die Richtung, aus der die klagenden Töne kamen.
»Du, das Mistvieh ist sicher beim Schirmböck!«, raunte mir Hans zu.
»So was!«, sagte ich. Und dann, nach einer Pause: »Das ist aber peinlich! Die schlafen sicher schon. Das wär doch eine Zumutung, sie jetzt, mitten in der Nacht, aufzuwecken!«
»Na ja«, meinte mein Mann. »Das ist schon wahr. Anderseits: Man kann doch das Tier nicht die ganze Nacht schreien lassen!« Unangenehme Sachen zu bereinigen, überläßt mein Mann ab und zu ganz gern mir. »Weißt was«, sagte er listig, »ich klopf an. Und wenn wer kommt, red'st du mit ihm!«
So geschah es dann auch. Hans klopfte ziem-

lich lange. Wer von der Früh an körperlich schwer arbeitet, fällt abends müd ins Bett und hat einen gesunden Schlaf. Wir wollten, als sich bei unserem Nachbarn so gar nichts rührte, schon schweren Herzens den Rückzug antreten, als plötzlich im Hof das Licht aufflammte – wir sahen es durch die Ritzen des Eingangstors – und die junge Bäuerin mit verschlafener Stimme »Glei, glei, i kumm scho!« rief. Sie sperrte auf, ich sagte ihr, daß möglicherweise unsere Maxi auf ihrem Dachboden sei und offenbar den Rückweg nicht finden könne.

»Das kann scho sein«, erwiderte sie freundlich. »Die zwa Kleinen schlürfen alleweil bei uns herum!«

Während ich mich nochmals wegen der nächtlichen Störung entschuldigte, erklomm mein Mann die Leiter, und Sekunden später hörte ich ihn rufen: »Das Mistl ist wirklich da heroben! Na komm«, lockte er. Gleich darauf legte er sie mir in den Arm.

Wir zogen überglücklich ab, und Maxi hat auf den Schrecken hin die ganze Nacht ohne Unterbrechung zu meinen Füßen geschlafen.

Übrigens: erst in diesem Augenblick, da ich dieses Abenteuer zu Papier bringe, fällt mir ein, daß Maxi jetzt plötzlich eine Stimme hat. Bisher konnte sie sich uns ja bloß (panto)mimisch mitteilen. Die Angst, womöglich auf der Schirmböck-Tenne vergessen zu werden, hat ihr das erste Miau ihres Lebens entlockt. –

Ich gebe zu: Im diesem Katzentagebuch nachzulesen, macht mich einesteils froh, andernteils traurig. Die meisten meiner schnurrenden Lieblinge, die darin verewigt sind, gibt's ja nicht mehr. Sie sind entweder auf natürliche oder auf gewaltsame Weise in die »ewigen Jagdgründe« eingegangen. Minki ist an einem nebeligen Novembertag des Jahres 1969 verschwunden und nie wieder aufgetaucht. Mimi ging sechs Jahre später, hochträchtig, auf und davon und ist seither verschollen. Viele andere, ja die meisten ihrer Kinder, die in diesem Haus, in der orangefarbenen Truhe, geboren wurden, leben nicht mehr.
Einen ihrer Söhne, einen wunderschönen »Tiger«, fanden wir am Nachmittag des Heiligen Abends 1973 neben dem hinteren Gartentor liegen. Tot, mit einem Loch in der rechten Schläfe, aus dem ganz langsam das Blut sikkerte. Ich habe damals diesem gemeinen

Schießer, der da mitten im Dorf seiner verbotenen Leidenschaft frönte, nichts Gutes gewünscht. Und daran halte ich bis heute fest. Aber das ist ein eigenes Kapitel in diesen Erinnerungen. Ich werde es erst später aufschlagen. Schließlich will ich ja nicht vorgreifen, sondern die Geschichte meiner Katzen chronologisch erzählen.
Also blättere ich jetzt dort, wo unter dem *2. März 1969* folgendes zu lesen steht:

– So was, heute habe ich entdeckt, daß Mimi und Maxi »mannbar« geworden sind. »Ziemlich lang hast du dazu gebraucht!«, lästerte lachend Hans. »Ich hab schon vor ein paar Wochen gesehen, daß ein semmelfarbener Kater abwechselnd auf der einen und der anderen gesessen ist!«
»Wo war das?«, wollte ich, ziemlich konsterniert, wissen. »Auf der Terrasse! Direkt vor meinen Augen! Katzen haben eben gar keine Hemmungen! ...«
»Der Mimi hab ich das zugetraut, die ist vorwitzig«, erwiderte ich. »Aber die Maxi ... die ist doch sooo schüchtern!«

»Geh, hör auf! A Katz – und schüchtern! So was! Ganz schön g'halten hat sie sich. Und danach ist sie auf die Wiesen gegangen und hat sich eine Viertelstunde lang genüßlich im Gras gewälzt ...«
Man kann sich also irren. Maxi, so ist es zumindest mir vorgekommen, hatte nie etwas für Kater übrig. Wenn ihr einer in die Nähe kam, begann sie zu knurren und zu fauchen. Ihre Augen wurden ganz schmal. Nervös schlug der Schweif rechts und links aus. Nein, freiwillig ist die bestimmt keinem zugegangen. »Die ist halt vergewaltigt worden!«, sagte ich laut.
Das wiehernde Gelächter meines Mannes ließ mich jedoch prompt verstummen ...

25. April, mittags. Schon um 5 Uhr früh, ich lag noch im Halbschlaf, hörte ich es kratzen und miauen. Ich eilte die Holztreppe hinunter in die Küche und sah, wie Maxi an der Tür des Geschirrkastens kratzte. Gleich darauf ging sie in die Halle zum Bauernkasten und wollte das gleiche tun. Sie suchte offenbar ein Versteck, und da fiel es mir wie Schuppen von den

Augen: Ihr Bäuchlein war nicht von der in letzter Zeit so massenhaft geschlepperten Milch so rund, sondern aus ganz einem anderen Grund. Sie erwartete Nachwuchs!
Wie doch die Zeit vergeht! Wie lange ist es denn her, daß sie selbst mit ihrer Schwester in der orangefarbenen Truhe lag und sich am mütterlichen Lebensquell gütlich tat. Jetzt sieht sie also selbst Mutterfreuden entgegen, und ich bin entsetzlich aufgeregt. Denn Maxi ist mein besonderer Liebling, und der Gedanke, daß ihr bei der Geburt der Jungen was passieren könnte, macht mich ganz nervös. Hat mir nicht erst vor ein paar Tagen in Wien die einen Stock über uns wohnende Frau Meixner vom schweren Mutterschicksal ihrer Katze erzählt? Bei der hörten ganz plötzlich, mitten im Geburtsvorgang, die Wehen auf, und sie lag wie tot da. Da sich das im Landhaus der Familie abspielte, in einer Gegend, wo es keinen Tierarzt gibt, mußte rasch gehandelt werden. Also packte sie das nur noch schwach atmende Tier ins Auto und fuhr mit ihm nach Wien. Diese »Blitzaktion« rettete ein Katzenleben. In der tierärztlichen Hochschule holte man das

»steckengebliebene« Junge mittels »Kaiserschnitt«. »Aber es war in letzter Minute!«, höre ich Frau Meixner sagen. Ihre Worte hallen in meinen Ohren. Was mach ich nur, wenn Maxi ähnliches geschieht?

2. Mai. Heute morgen ist etwas Unglaubliches passiert. Mimi hat sich zu der in der Kiste liegenden, heftig atmenden Maxi gelegt. Zunächst wollte ich sie verjagen. Maxi war ja drauf und dran, ihr erstes Kind zur Welt zu bringen. Aber dann siegte meine Neugier. Was will die Katz bei ihrer Schwester?, fragte ich mich. Eine halbe Stunde später wußte ich's: Sie leistete ihr Hebammendienste! Ja, ich kann das, was sich da vor meinen Augen abspielte, nicht anders bezeichnen. Selbst Hans, der ja so gern über mich und meine Katzen witzelt, mußte staunend zugeben, daß er so was noch nie vorher erlebt und auch nicht für möglich gehalten hat.
Kaum war das erste Junge geboren, machte sich Mimi drüber her, zerbiß die umhüllende Haut, in der es lag, schluckte sie und begann es dann zu lecken. Zunächst, so schien es uns,

wollte das Maxi selber tun. Aber offenbar ist ihr sehr schnell klar geworden, daß sie da eine Helferin in der Not bekommen hatte, und konzentrierte sich nur noch auf das zweite Junge und die beiden folgenden, die im Abstand von jeweils zehn bis 20 Minuten anrollten.

Nachdem das dritte geboren und von der fleißigen Mimi reingeleckt worden war, holte ich aus der Küche eine Schüssel lauwarmer Milch und stellte sie zwischen die Katzen. Sowohl Mutter als auch »Hebamme« machten sich gierig darüber her. Jetzt wurlt es auf dem frischen Frottéetuch. Sechs Katzen, Maxi Mimi und vier Kleine, sind fast zuviel für die nicht sehr geräumige Truhe. Aber jeder Versuch, zumindest Mimi herauszulotsen, ist bisher mißlungen. Da sie selber Nachwuchs erwartet, und bereits über beträchtliche Milchreserven verfügt, nuckeln zwei ihrer »Nichten« an ihrer Quelle. Ich erhebe keinen Anspruch, daß mir jemand glaubt, was ich da berichte. Aber, Ehrenwort, es ist wahr.

Als Zeugin kann ich auch Frau Grüneis anführen, unsere »Perle«, die diese »Idylle« mit den

Worten quittiert hat: »Na so was, das muß ich der Maria erzählen. Die hat Katzen so gern. Die wird sich wundern!«

19. Mai. Heute hat Mimi in der Truhe Einzug gehalten. Diesmal in eigener Sache. Und das Unerwartete geschah: Maxi revanchierte sich bei ihrer Schwester. Diesmal spielte sie Hebamme. Sie hatte übrigens drei Totgeburten. Nur ein Kater mit braun-schwarzer Rückendecke und weißen Füßen kam lebend davon. Wir nennen ihn Moritz.

22. Mai. Maria, die kleine Tochter der Frau Grüneis, hat unsere Katzenkinder heute besucht. Als sie sich über die Truhe beugte, sagte ich spaßhalber: »Jetzt muß man zur Mimi »Frau Mimi« sagen. Denn sie ist ja Mutter geworden und hat einen Sohn!« Maria schaute mich ernsthaft an, antwortete aber nichts.

24. Mai. Heute habe ich Frau Grüneis nach Viendorf begleitet, wo sich ihre Tochter aufhält, wenn sie bei uns das Haus auf Hochglanz bringt. Maria wartete bereits an der Gartentür.

Als sie mich sah, kam sie mir entgegengesprungen und fragte sichtlich interessiert: »Wie geht's denn dem kleinen Moritz?«
»Gut!«, erwiderte ich. »Der wächst unheimlich schnell!«
»Und was macht die Frau Mimi?«
Ich war amüsiert und gerührt zugleich. Ich glaube, da wächst ein kleiner Mensch heran, der für Tiere im allgemeinen und für Katzen im besonderen ein Herz hat. Rundum, auf dem Land ist das ja nicht überall so. Aber die Maria scheint eine rühmliche Ausnahme zu werden.

30. Mai. Seit zwei Tagen ist Mimi abgängig. Ich mache mir große Sorgen um sie. Was soll aus Moritz werden, wenn er keine Muttermilch bekommt ...? –

Fünfmal täglich legte sich Maxi in die orangefarbene Truhe, um ihren Milchquell den Kindern darzubieten. Hatten alle genügend getrunken, leckte sie ihnen die Kehrseite, denn ganz kleine Katzen können noch nicht selbständig ihr Geschäft verrichten. Mimi verhielt sich mit ihrem Nachwuchs ganz ähnlich. Allerdings war sie eine viel aufopferungsvollere Mutter. Sie blieb, zumindest während der ersten zwei Wochen, fast den ganzen Tag bei ihren Jungen. Das Ergebnis war augenfällig. Ihre Kinder wuchsen rascher als die von Maxi und wurden kugelrund.

Während ihrer ersten Mutterschaft, als Moritz der einzige Überlebende ihrer Vierlinge blieb, geschah allerdings etwas, was mich damals ziemlich heftig erregt haben muß. Ich sehe das meiner unregelmäßigen, zittrigen Schrift an. Unter dem 30. Mai hatte ich im Katzentagebuch Mimis Verschwinden registriert. »Seit zwei Tagen ist sie abgängig. Ich mache mir große Sorgen um sie«, lese ich. Und dann: »Was soll nur aus Moritz werden, wenn er keine Muttermilch bekommt? In meiner Angst, er könnte verhungern, habe ich heute die alte Frau Munzberger gefragt, ob es nicht unter den Spielsachen ihrer Enkelin ein Puppenmilchflascherl gibt ...«

Soweit ich mich erinnere, stand mein Mann damals neben mir und schüttelte den Kopf. Anders reagierte die Nachbarbäuerin. »O ja,

so was müaßt scho zu finden sein. I geh amal suachn. Und wenn i's hab, schick i's Ihnen mit'n Madel umme!«
Ich weiß genau, daß ich damals gleich zur Truhe zurückgeeilt bin, um nach Moritz zu sehen. Er lag, etwas abseits von seiner Tante Maxi und deren vier Kleinen und machte keine Anstalten, sich an ihrer Milchquelle zu laben. Erst später kam ich dahinter, warum. Maxi hatte für ihre eigenen Jungen nicht genügend Milch. Er wurde von ihr – absichtlich oder unabsichtlich, wer kann das wissen? – immer dann, wenn er sich einer der Zitzen nähern wollte, sanft, aber beharrlich mit dem rechten Hinterbein abgedrängt ...

30. Mai abends. Mimi ist noch immer nicht da, aber Moritz dürfte bis auf weiteres vor dem Hungertod gerettet sein. Das Munzbergersche Puppenmilchflascherl ist *die* Lösung. Er nuckelt an dem winzigen, roten Luller, aus dem die lauwarme, entfettete Kuhmilch dringt, als sollte es gar nicht anders sein. Ich glaube, ich werde ihn über die Runden bringen.

31. Mai, 8 Uhr morgens. Das war wieder einmal, wie die Franzosen sagen, »une nuit blanche«. Ich habe kein Auge zugemacht. Zunächst wollte Moritz in dem Semmelkörbchen, das ich mit einem weichen, frischgewaschenen Staubtuch ausgeschlagen und ans Fußende meines Bettes gestellt hatte, nicht liegen bleiben, sondern kroch immer wieder langsam bis zu meinem Kopfpolster. Dabei ließ er ein ebenso hohes, wie durchdringendes Miau ertönen, das ich nur durch unentwegte Milchzufuhr stoppen konnte. Erst als es draußen langsam hell wurde, gab er Ruhe. Ich aber zerbreche mir den Kopf, was ich tun soll beziehungsweise kann, um seine Verdauung in Schwung zu halten. Wenn seine Mutter nicht bald daherkommt, dürfte das ein ernstes Problem werden ...

10 Uhr. Ich habe soeben vergeblich versucht, Maxi den kleinen Moritz unterzuschieben. Als sie gerade dabei war, ihren eigenen Kindern die Kehrseite zu lecken, dachte ich: Sie wird das bei Moritz auch tun. Aber ich habe mich geirrt. Sie schnupperte kurz an ihm herum und steckte dann die Nase in die Luft. Wenn Mimi nicht bald auftaucht, sehe ich für Moritz schwarz.

12 Uhr. Mimi ist immer noch nicht da. Aber Moritz ist gerettet. Ich stand in der Küche und wollte eben die Teller aus dem Geschirrschrank nehmen, um aufzudecken, da hörte ich plötzlich ein ganz feines Miau, und Moritz trippelte über die Schwelle. Er war auf ziemlich unsicheren Beinchen unterwegs, fiel einmal sogar um, rappelte sich aber sofort hoch, umkreiste kurz die Tür und – verschwand in der hintersten Ecke, dort wo die Kübel stehen. Im gleichen Augenblick betrat Hans die Küche. »Pst!«, sagte ich, »rühr dich nicht! Da hinten sitzt der Moritz! Ich glaube, er geht aufs Klo!«
»Und das laßt du so zu, hier, in der Küche?«, brummte mein Mann.
»Na so was«, empörte ich mich. »Der ist doch so klein, und macht doch das noch dazu zum erstenmal! Ja, glaubst du denn, ich werde ihn schrecken und wegjagen!?«
Im selben Augenblick tauchte Moritz auf und

– zuckelte mit aufgestelltem Schweifchen, sichtlich entlastet und guter Dinge, zurück in die Halle. Dort machte er an der Außenwand der Truhe einen Klimmzug und plumpste gleich darauf der Maxi auf den Kopf.
»Gott sei Dank, jetzt ist wenigstens dieses Problem gelöst!«, meinte ich. »Ab morgen werden wir ihn dazu anhalten, sein Geschäft im Garten zu verrichten ...«
»Du meinst, *du* wirst dich damit befassen«, sagte Hans. »Kümmere dich nur recht brav um deine Katzen! Ich hab was anderes zu tun ...!«

12. Juni. Mimi ist noch immer nicht aufgetaucht. Ich fürchte, daß sie in einem der benachbarten Kartoffelkeller eingesperrt ist. Wenn ich daran denke, daß sie dort in der Finsternis hockt und vielleicht fürchterlich schreit, wird mir ganz flau im Magen.
Maxi ist heute mit ihren Jungen zum erstenmal ausgegangen. Als sie vor der Terrassentür einen semmelfarbenen Kater in der Sonne sitzen sah, begann sie laut und drohend zu knurren. Der hat gleich den Schweif eingezogen und die Flucht ergriffen. Jetzt liegt sie faul auf

der Wiese und wehrt lässig ihre Kinder ab, die sie abwechselnd in den Schwanz und ins Ohr beißen. Ich könnte den Kleinen, die mit ihrer Mutter spielen, stundenlang zuschauen. Es gibt doch nichts Entzückenderes, als junge Katzen zu beobachten.

15. Juni. Heute ist Maxi geschlagene vier Stunden weggeblieben und hat ihre Kinder allein gelassen. Die miauen schon vor Hunger. Ich bin empört.

»Die ist aber keine gute Mutter!«, sagte ich zu Hans beim Mittagessen.

»Geh, red doch nicht!«, erwiderte er. »Ein Tier handelt doch instinktiv.«

»Und was ist, wenn sie von einem Auto überfahren worden ist? Gestern früh habe ich auf der Straße eine tote Katze gesehen. Ich bin ausgestiegen, um zu schauen, ob das nicht vielleicht die Maxi oder die Mimi ist!«

»Weißt du«, sagte Hans, »Tierliebe, schön und gut. Aber nur nicht übertreiben! Du siehst, bis jetzt ist alles gut gegangen, die Jungen gedeihen. Im übrigen werden sie ja sowieso am Sonntag abgeholt!«

23. Juni. Es ist wieder ruhig in unserem »Katzenhaus«. Maxis Kinderschar, zwei Mädchen und zwei Buben, haben Freunde mitgenommen. Sie werden es bei ihnen gut haben. Uns bleibt Moritz. Ihn geb ich nicht her. Er ist so lieb und anschmiegsam. Erst seit er da ist und mich auf Schritt und Tritt begleitet, weiß ich, weshalb die Dichter viel mehr die Kater als die Katzen besingen. Auch eine Katze kann zärtlich sein. Aber niemals so wie ein »Er« ...

26. Juni. Heute hat Moritz entdeckt, wie gut Käse schmeckt. Ich kam durch Zufall dahinter. Nach dem Nachtmahl blieb auf meinem Teller ein winziges Stück Emmentaler liegen. Mit einem Satz sprang er auf den Tisch, den ich gerade abräumen wollte, und machte sich über ihn her. Ich hielt ihm, als ich das sah, noch ein kleines Stück Weichkäse hin, aber an dem schnupperte er nur und ließ ihn liegen.

29. Juni. Moritz ist auf Emmentaler versessen. Hans wollte das nicht glauben und meinte: »Das bildest du dir doch nur ein. Wenn er hungrig ist, frißt er sicher auch anderen

Käs'!« »Na ja, du mußt es ja wissen. Also probier's, gib ihm abends, na, sagen wir, ein Stück Geheimratskäse. Du wirst sehen, er schnuppert nicht einmal dran!«, erwiderte ich.
Und so war es dann auch. »Das Mistl!«, lachte Hans, nachdem er dem kleinen Kater vergeblich hintereinander mehrere Käsesorten vor die Nase gehalten hatte. Erst als er ihm zuletzt ein Stück Emmentaler reichte, nahm ihn Moritz ganz zart vom Finger ...

9. Juli. Mimi ist wieder da! Total abgemagert, schmutzig, mit struppigem Fell. Sie schnurrt laut und macht sich, sichtlich ausgehungert, über den Teller mit der kleingeschnittenen Leber her. Aber sie würgt und würgt und bringt keinen Bissen herunter. Als ich sie aufhebe, merke ich, daß sie das rosa Näschen zerkratzt hat und an ihren Barthaaren verkrustetes Blut klebt. Offenbar hat es in den Tagen, da sie abgängig war, ein paar heiße Kämpfe mit irgendwelchen Feinden gegeben. Es scheint auch, als wäre sie im Rachen verletzt. Ich mache ihr Milch lauwarm. Die schleckt sie jetzt hastig. Ich würde viel drum geben, wenn ich erfahren könnte, was diese Strawanzerin in den sechs Wochen seit ihrem Verschwinden am 28. Mai erlebt hat.

Äußerlich erholte sich Mimi nach ihrem ersten großen Abenteuer schnell. Schon eine Woche nach ihrer Rückkehr sah man ihr nicht mehr an, daß sie eine schreckliche Zeit hinter sich hatte. Sie konnte wieder schlucken, sie hatte sichtlich zugenommen, die Blutkrusten an Näschen und Barthaaren waren abgefallen, ihr Fell war glatt und rein. Aber sie blieb nervös. Nachts, wenn sie ausgestreckt auf dem Plaid zu meinen Füßen lag, zuckte sie oft zusammen, und manchmal gab sie langgezogene, klagende Töne von sich. Auch schnappte sie im Traum nach unsichtbaren Feinden, und ihr Schwanz bewegte sich dabei wie ein Perpendikel hin und her. Tagsüber blieb sie jetzt in der Nähe. Wenn draußen ein Traktor oder ein Lastwagen vorüberfuhr, legte sie die Ohren zurück und nahm eine Art Abwehrstellung ein. Sie wechselte vom Liegen zum Sitzen und begann zu fauchen.

Unter dem *18. Juli* steht in meinem Katzentagebuch:

– Mimi ist ganz verändert. Gar nicht mehr so vorwitzig wie früher. Sie bleibt im Haus und geht auch nachts nur für kurze Zeit fort. Mit ihrem Sohn Moritz gibt sie sich viel ab. Heute hat wieder das Mäusespiel begonnen. Aber sie brachte ihm keine lebende, sondern eine ganz kleine tote Maus. Moritz schnupperte lange daran, ehe er sich entschloß, in sie hineinzubeißen. Ich glaube, er wird kein guter Mäusefänger ...

5. Oktober. Heute nacht hat es zum erstenmal in diesem Jahr geschneit. Beginnt heuer der Winter schon so früh? Maxi entdeckt plötzlich ihre Liebe für Moritz. Während sich seine Mutter längst von ihm abgewendet hat, ihn kaum noch anschaut, geht sie ihm auf Schritt und Tritt nach und fordert ihn zum Duell auf. Manchmal wird aus dem Spiel Ernst. Dann beginnt sie zu knurren und teilt wie ein Boxer – links, rechts, links, rechts – rasche Hiebe aus. Merkwürdigerweise wehrt sich Moritz selten. Nur wenn ihm die Aufforderung zum Kampf zu lang(weilig) wird, stellt er sich. Dann baut er sich mit gesträubtem Fell und weit gegrätschten Hinterbeinen vor ihr auf und beginnt drohend zu knurren.

12. Oktober. Gestern abend gegen 10 – wir hatten gerade den Fernsehapparat abgedreht – ging Moritz über die Katzentreppe weg, und ich dachte: Lange wird er bestimmt nicht ausbleiben, denn draußen liegt Schnee, und den mag er nicht sehr. Kurz nach Mitternacht erwachte ich, machte Licht und sah, daß nur Mimi und Maxi zu meinen Füßen schliefen. Moritz war nicht da. Ich wurde unruhig, ging zum Fenster und rief: »Moritz! Moritz!«
»Geh, hör doch auf!«, wies mich Hans schlaftrunken zurecht. »Du machst dich ja lächerlich! Und obendrein weckst du das ganze Dorf auf!«
»So?«, stellte ich mich, »*ich* weck die Leute auf? Und wenn so ein paar Betrunkene mitten in der Nacht auf ihrem Moped durchs Dorf brausen, was ist dann? Regt sich da wer auf?«
Und ich rief nochmals: »Moritz!« Ich horchte

in die Nacht hinaus, aber da war nichts anderes als das Rieseln des Schnees.
»Der Moritz ist doch noch nie so lange ausgeblieben!«, sagte ich zu meinem Mann.
»Na, heute bleibt er eben länger draußen!«, brummte er. »Gib endlich Ruh und leg dich nieder!«
Ich ging zu Bett. Aber ich konnte nicht einschlafen. Jede Viertelstunde machte ich Licht, schaute auf die Uhr. »Irgend etwas ist mit Moritz los!«, sagte ich laut.
An der prompten Antwort von Hans merkte ich, daß auch er nicht schlief. »So lang ist er wirklich noch nie ausgeblieben!«, meinte er. »Ist es draußen kalt?«
»Ja, der Schnee auf dem Fensterbrett ist festgefroren!«, antwortete ich. Ich sprang aus dem Bett, machte den angelehnten, mit einer Schnur vor dem Zufallen abgesicherten Fensterflügel ganz auf und beugte mich so weit vor, bis meine Stirn an das schmiedeeiserne Gitter streifte. In diesem Augenblick hörte ich ein ganz leises Miau. Es klang wie von weit her, aber es kam aus der Nähe. Kein Zweifel, es war Moritz!

»Ich bitt dich, Hans – steh auf und horch einmal!«
Mein Mann erhob sich und steckte ebenfalls den Kopf durchs Fenster. »Ich glaub, der sitzt auf der Mauer!«, meinte er. Und nach einer Weile: »Ich zieh mich an, geh hinunter und schau, ob ich ihn erwischen kann! ...«
Ich eilte ihm nach, holte die Stablampe aus dem Zählerkasten und sagte: »Es tut mir leid, daß du jetzt in die Kälte hinaus mußt. Aber ich könnt ja nicht weiterschlafen, wenn ich den kleinen Kerl so hilflos da draußen weiß!«
»Ich auch nicht!«, murmelte er, klopfte mir auf die Schulter, schüttelte den Kopf und murmelte: »Du und deine Katzen – ich mach was mit!«
Er zog über die Pyjamahose die hohen Pelzstiefel und schlüpfte in den Ledermantel. Ich band ihm den Schal um. »Wenn ich Lungenentzündung krieg, bist du schuld!«, zwinkerte er mich gutmütig an.
»Bleib halt nicht zu lange aus!«, sagte ich.
Hans ging die ganze Mauer ab. Aber Moritz war nicht da. Plötzlich rief er: »Ich habe was rascheln gehört!« Und dann: »Da sitzt er, der

Ausreißer ... o Gott, dem rinnt ja das Blut herunter!«
Dann hörte ich ihn ganz sanft mit dem kleinen Kater reden: »Du bist mir einer! In der Nacht herumstrawanzen! Da lauern doch überall die Feinde! Na, du wirst dir das schon merken. Wenn man noch so klein ist wie du, hat man in dieser Kälte nix verloren!«
Die letzten Worte dieses Selbstgesprächs gingen in meinem Jubelschrei unter. Hans legte mir Moritz mit den Worten »Paß auf, er ist am linken Hinterbein verletzt!« in den Arm.
Wir betteten Moritz auf die bunte Matratze, die ich vor Jahren aus Triest mitgebracht hatte, und untersuchten die Wunde. »Sie ist etwa drei Zentimeter lang, geht aber tief ins Fleisch, bis an den Knochen. Wir brauchen da gar nichts tun«, sagte Hans. »Die Natur hilft sich von selbst. Wenn er liegen bleibt und sich die Wunde leckt, ist das in ein paar Tagen gut!«

21. Oktober. Minki liegt wieder einmal bei Moritz und schleckt an ihm herum. Er läßt sich's gern gefallen, liegt den ganzen Tag auf der Matte und schläft. Nur wenn ich das Radio aufdrehe, wird er munter. Er hört gern Musik. Auch Minki wird lebendig, wenn sich bei uns akustisch etwas tut. Gestern habe ich gepfiffen. Sie spitzte die Ohren und lief sogleich hinter mir her.

1. November. Ich habe im Nebel den semmelfarbenen Kater sitzen gesehen. Er lauert der Maxi auf. Ich werde den Verdacht nicht los, daß er es war, der Moritz ins Bein gebissen hat.
»Es wird Schwierigkeiten geben!«, sagte Hans heute früh, als ich ihm darüber berichtete. »Der Semmelfarbene sieht unseren Garten als sein Revier an und leidet keinen Rivalen. Da wird der Moritz den kürzeren ziehen!«

2. November. Minki hat heute früh einen ungewöhnlichen Appetit entwickelt. Sie tat sich an Leber, Käse und einem Stück Extrawurst gütlich. Dann begann sie plötzlich nach ihrem eigenen Schwanz zu schnappen. Rundum, fortan – im Kreis.
Wenn ich's mir überlege, komm ich dahinter, daß die Katzen ein merkwürdiges Volk sind.

Keine ist wie die andere. Jede hat ihre ganz speziellen Eigenheiten. Maxi beispielsweise streckt in den Stunden der Muße, wenn sie faul in ihrem Körbchen liegt oder sich auf der Sitzbank in der Eßecke räkelt, dauernd die Zunge heraus. Das hat sie schon als Kleinkind getan. »Hast du schon wieder den langen Schlecker heraußen?«, lachte Hans heute und tupfte ihr mit dem Zeigefinger auf die zwischen den Eckzähnen lang heraushängende Zunge. Sie zog sie sofort ein. Aber gleich darauf war das Spitzl wieder sichtbar, was ihr zwar ein dümmliches Aussehen verleiht, aber doch auch einen Teil ihres ganz speziellen Charmes ausmacht.

7. November. Hans hat ja recht. Wer Tiere vermenschlichen will, wer ihnen Eigenschaften andichtet, die sie nicht haben, ist ein Dummian. Es gibt keine singenden, klavierspielenden, maschinenschreibenden Katzen! Es gibt allerdings Katzen, die gewisse Worte, gewisse Redewendungen, die sich auf sie beziehungsweise ihren Lebensbereich beziehen, sehr wohl verstehen. Allerdings ist das auch nur

dann der Fall, wenn sie sehr intelligent sind und man sich, so wie wir das tun, ständig und sehr intensiv mit ihnen befaßt.
Maxi zum Beispiel ist nach ihrer kurzfristigen Gefangenschaft auf der Schirmböck-Tenne nie wieder dahin zurückgekehrt, weil wir sie sehr nachdrücklich davor gewarnt haben. Ich hoffe, es wird auch künftig dabei bleiben. Denn die Familie unseres Nachbarn hat jetzt einen Hund. Und der dürfte auf Katzen ziemlich scharf sein.

Es ist schön, wenn man seine Träume verwirklichen kann. Auch wenn es lange dauert und mit einigen Schwierigkeiten verbunden ist. Wir hatten 1966 unseren Osterurlaub in Tirol, im Ötztal, verbracht. Dort sah ich in einem Bauernhof zwei Betten, wie ich sie mir schon immer für unser kleines Haus auf dem Hügel gewünscht hatte. Sie waren am Kopf- und Fußteil reich bemalt und wurden rechts und links von gedrechselten Säulen flankiert. Auf dunkelgrünem Grund schimmerten, schon ein wenig verblaßt, doch noch gut sichtbar, Bilder aus dem täglichen bäuerlichen Leben. Ein Mann, der hinter einem Pflug geht, war zu sehen, ein Gaul, ein Baum, in dessen Schatten die »Jaus'n« hingebreitet war: ein »Reanken« Brot, ein Stück Geselchtes, eine Zwiebel. Der Mostkrug stand daneben.

Dicht über'm Kopfpolster, ich erinnere mich noch genau, war ein Heiliger zu sehen. Und die Bäuerin, sichtlich erfreut über mein Entzücken, erklärte: »Das alles hot unser Urgroßvotta selig ang'malt. Der wor a so a halberta Künschtler. Oben hat er die heiligen Mannder und Weibsleut hinpinselt, unten Büdarln, wia ma's holt tagtäglich erlebt ...« Natürlich waren die Betten unverkäuflich. Alter Familienbesitz mit Museumswert. Aber ich durfte sie »abphotographiern«. »Vielleicht finden S' irgendwo an tüchtigen Tischler, der's Ihna nochmocht ...«

Vier Jahre später fand ich ihn in Klosterneuburg bei Wien. Als ich ihm zum erstenmal die Photos zeigte, war er genauso begeistert wie wir damals. »Die kann ich nachbauen, das ist keine große Sache. Wir erfüllen gerne die Extrawünsche unserer Kunden«, sagte er. »Nur – für die Malerei sind wir nicht zuständig. Die müßt von einem Künstler gemacht werden, der in der Art der alten Votivbilder malen kann.«

»Der wird sich schon finden«, sagte ich, »Hauptsache, Sie bauen uns die Betten!«

»Und wo willst du einen solchen Maler hernehmen?«, fragte mein Mann.

Ich lächelte. »Es kann ja auch eine Malerin sein, nicht wahr?« Und ich dachte an meine Freundin Hilde Hrastnik, die mir kurz zuvor unseren schmiedeeisernen Lüster so wunderschön in Weiß und Blau und Rot und Gelb und Grün bemalt hatte, daß jeder, der ihn sieht, glaubt, es sei ein alter venezianischer.
Hilde zeigte sich dann von diesem Auftrag sehr begeistert. »Das mach ich gern. Welche Motive hast du dir denn vorgestellt?«
»Also: auf den beiden Kopfteilen sollen unsere Namensheiligen prangen!«, erklärte ich. »Auf dem meinen die heilige Gertrud von Eisleben und auf dem meines Mannes der heilige Johannes!«
Das Gesicht von Hans sprach Bände, als er das hörte. »So was«, murmelte er, »jetzt komm ich auf meine alten Tag sogar noch zu einem Bettheiligen ...!«
»Und am Fußteil? Was machen wir da?«, wollte Hilde wissen.
Ich entsann mich der »Bilder aus dem täglichen Leben« auf den Ötztaler Betten und erwiderte prompt: »Mal mir bitte auf mein Bett die Maxi und auf das von Hans die Mimi!«

»Du, das ist eine nette Idee!« Hilde war Feuer und Flamme und hatte auch gleich einen Plan: »Ich werd sie in ein Oval von Blumenranken setzen, rechts und links von Feldblumensträußen flankiert!«
Vom Auftrag bis zur Fertigstellung vergingen viereinhalb Monate. Der Klosterneuburger Tischlermeister arbeitete zwar prompt, aber dann mußten die Betten erst grundiert werden (was Hilde nicht machte, sie war ja allein für die künstlerische Malerei zuständig). Wo findet man heutzutage einen professionellen Anstreicher, der einen Auftrag akzeptiert, bei dem nicht gleich ein paar Tausender herausspringen?
Also mußte ich Hans soweit bringen. Er sträubte sich nicht, färbte sämtliche Betteile grün und die gedrechselten Säulen rot, und das Ganze brachten wir dann kleinweise – weil ja in einem Pkw der Platz beschränkt ist – in Hildes Atelier.
Ich erinnere mich genau an den Tag, als wir die Betten, Wochen später, bei ihr abholten.
»Schau doch, die Maxi ist mit ihrem langen Schlecker verewigt worden!«, lachte Hans.

Ich umarmte Hilde. »Daß du dich *daran* erinnert hast!«
Die beiden »Katzenbetten« sind seither das Prunkstück der ehemaligen, zum Schlafzimmer umfunktionierten Tenne. Obwohl ja, streng genommen, kein Fremder in diesem Raum was zu suchen hat, werden wir doch immer wieder dazu verführt, sie unseren Gästen zu zeigen. Maxi links und Mimi rechts, als Kleinkinder, umwallt von vielen dicken weißen und himmelblauen Wölkchen – beim Staubwischen verweile ich oft vor ihrem süßen Konterfei!
Im Frühjahr 1971 erkrankte Mimi schwer. Sie hätte nicht so leiden müssen, wäre ich gescheiter gewesen. Aber ich hatte keine Ahnung, was Ohrenräude ist und wie man sie rechtzeitig erkennt. So wunderte ich mich nur über ihre Nervosität, ihre fahrigen Bewegungen. In meinem Katzentagebuch habe ich unter dem *3. Mai* folgendes stehen:

– Mimi ist seit ein paar Tagen wie ausgewechselt. Sie sitzt bewegungslos, mit merkwürdig zur Seite gestellten Ohren da. Meistens hält sie die Augen geschlossen. Wenn man sie anredet, reagiert sie kaum. Aber beim geringsten Lärm macht sie einen Luftsprung und läuft mit hängendem Schweif davon.

5. Mai. Gestern sagte Hans zu mir: »Mit der Mimi ist was los. Die haart so sehr, daß man ganze Fellbüschel vom Teppich klauben muß!«

»Geh, du übertreibst wieder einmal!«, antwortete ich. Ich kenne Hans und seine Aversion gegen Katzenhaare. Wenn ich die Suppe auf den Tisch bringe, inspiziert er, bevor er den Löffel zur Hand nimmt, sämtliche Teller, ob nicht irgendwo ein Katzenhaar sichtbar wird.

Anfangs bin ich aufgefahren: »Ja, glaubst du denn, bei mir herrscht in der Küche keine Reinlichkeit?«

»Ich hab ja nix g'sagt. Ich schau ja nur! Das wird man doch noch dürfen!«

Natürlich hält er mich zum besten. Herumfliegende, verstreute Katzenhaare gibt's bei uns nicht. Alle meine Katzen werden täglich mit Kamm und Bürste frisiert und gestriegelt. Das ist auch der Grund, weshalb sie sich, im Gegensatz zu jenen, die sich ihre überschüssigen Haare selbst weglecken und sie schlucken, nur höchst selten erbrechen müssen.

6. Mai, 22 Uhr. Ich bin heute schon mittags herausgekommen und fand Mimi beim hinteren Tor ausgestreckt auf den Steinen liegen. Als sie mich sah, setzte sie sich langsam auf, und ich bemerkte, daß neben ihr mehrere Haarbüschel lagen. Ich trug sie in die Halle, breitete ein Tuch über den Tisch und stellte Mimi darauf. Bei dieser Gelegenheit nahm ich eines ihrer so merkwürdig quergestellten Ohren, klappte sie auf und fuhr erschreckt zurück. Der gesamte äußere Gehörgang war schwarz!

»Um Gotteswillen!«

Hans eilte herbei, sah die Bescherung und erklärte: »Die muß sofort zum Tierarzt!«

Ich rief Dr. Ruso in Stockerau an und schilderte ihm die Symptome.

»Bringen Sie das Katzerl gleich her«, sagte er. »Es scheint Ohrenräude zu haben!«

»Wo sie das nur erwischt hat?«, dachte ich

laut, als wir, mit Mimi im Körbchen, nach Stockerau fuhren.
Hans gab keine Antwort. »Ich glaub«, stammelte er plötzlich, »die stirbt mir unter der Hand!«
Tatsächlich lag Mimi wie tot da. Sie hatte die Augen weit offen und atmete kaum noch.
Als wir sie Minuten später auf den Ordinationstisch legten, sagte Dr. Ruso: »Warum sind Sie denn nicht früher gekommen?« Der Vorwurf traf mich tief. Er merkte es sofort. »Na ja«, meinte er beschwichtigend. »Sie wird sich schon wieder fangen. Nur – es wird halt lang dauern. Und Sie werden nicht wenig Scherereien haben!«
»Ich mache alles, Herr Doktor!« Ich spürte, wie mir angesichts dieses Häufchens Katzenelend die Tränen kamen.
»Also, zuerst einmal werde ich ihr eine kreislaufstärkende Spritze geben!«, hörte ich den Doktor sagen. »Traubenzucker wird sie wieder auf die Beine bringen. Und dann werde ich Ihnen eine Flasche mit einem Spezialöl mitgeben und eine Dose mit Puder. Dreimal am Tag muß das Tier an den Stellen, wo das Fell ab-

fällt, eingeschmiert und dann gestuppt werden!«
Er machte es mir vor. Wickelte über ein langes Holzstäbchen ein Stück Watte, preßte sie ganz fest zusammen, und tauchte sie in die goldgelbe Flüssigkeit. Mimi, die nun, nach der stärkenden Spritze, wieder auf den Beinen stand, zuckte zusammen, wehrte sich aber nicht. Und allmählich überzog sich ihr schlankes Körperchen mit dicken, gelben Tupfen, zwischen denen die weißen und grauen und schwarzen Haarbüschel wirr und häßlich aufragten.
Das Tupfen und Einpudern dauerte eine halbe Stunde. »Je genauer Sie dabei vorgehen, desto schneller wird sie gesund«, sagte Dr. Ruso. »Die räudigen Stellen erkennen Sie an den bereits abgelösten Haarbüscheln. Dreimal täglich, früh, mittags und abends, muß sie so behandelt werden. Und zwischendurch sperren Sie sie ein. Sie darf unter keinen Umständen mit den anderen Katzen in Berührung kommen. Die Ansteckungsgefahr ist zu groß!« –

»Was ist paradox? Wenn eine Katze im Vogelkäfig sitzt!« Mein Mann wollte mich angesichts der schwerkranken Mimi wenigstens für Sekunden aufheitern und sagte das in lachendem Ton. Aber mir war nicht nach Lachen zumute. Unter dem *9. Mai 1970* finde ich in meinem Katzentagebuch folgende Eintragung:

– Ich habe meinen ganzen Arbeitsrhythmus geändert. Ich schreibe nachts in Wien und fahre täglich am frühen Vormittag hierher aufs Land, um Mimi zu pflegen. Wie uns Dr. Ruso riet, haben wir sie, damit sie nicht die anderen Katzen ansteckt, in den leeren Papageienkäfig gesperrt. Er ist an und für sich ein Prachtstück. Auch etwas, das ich mir nach fremdem Muster nachbauen ließ. –

In einem der herrlichen Innenhöfe, die es in den Patrizierhäusern von Porto de la Cruz auf Teneriffa so zahlreich gibt, sah ich eines Tages vor drei Jahren einen nahezu mannshohen Käfig stehen. Sein geschwungenes, pagodenartiges Kupferdach ragte unter Bananenwedeln und blühenden Agaven hervor, die seitlichen

Streben und das feine Gitterwerk waren grün gestrichen. Zu dieser Zeit gab's bei uns noch Billy, den kleinen Sittich mit dem graugrünen Federkleid. Angesichts dieses Prachtstücks von Käfig dachte ich gleich an ihn.
»Darin hätte Billy viel mehr Platz als in seinem jetzigen!«, sagte ich zu Hans.
»Du glaubst doch nicht, daß dir die Leute den Bauer verkaufen!«, warf mein Mann ein und schüttelte den Kopf.
»Nein, das glaub ich nicht«, erwiderte ich. »Aber ich werde sie fragen, ob ich eine Skizze davon anfertigen kann. Es wird sich dann in Wien schon jemand finden, der ihn für Billy macht!«
Viel später fanden wir tatsächlich einen Bastler, der auf meinen einigermaßen ausgefallenen Wunsch einging und nicht gleich ein Vermögen dafür verlangte. Aber die Arbeit zog sich. Und als wir den Käfig endlich geliefert bekamen, gab es Billy nicht mehr. Ihn hatte seine perverse Vorliebe für jedwedes Schreibpapier – wenn ich meine Aufsätze tippte, setzte er sich auf die Walze der Schreibmaschine und knabberte an meinen Manuskripten – das

Leben gekostet. Eines Tages war der unverdaute Papierknäuel im Kröpfchen zu groß geworden, und er war daran erstickt.
Der Käfig blieb daraufhin leer. Jahrelang. Und nun sitzt Mimi drin. Ein Häufchen Katzenelend mit Ohrenräude, jenem tückischen Leiden, das sie, laut Aussage unseres Tierarztes, nach und nach ihr gesamtes Fellkleid kosten wird ...

22. Mai. Sieben Tage hielten wir Mimi im Papageienkäfig gefangen. Ihr Anblick, aber auch ihre ununterbrochenen Versuche, diesem Gefängnis zu entkommen, trieben mir mehr als einmal die Tränen in die Augen. Während der Behandlung verhielt sie sich ja noch verhältnismäßig ruhig. Hans mußte sie halten, ich tupfte die immer zahlreicher werdenden kahlen Stellen mit dem Medizinalöl ab und streute dann einen Desinfektionspuder darauf. Aber kaum war ich mit der Prozedur fertig und wir bewegten uns mit ihr in Richtung Käfig, begann sie wild zu miauen und sich mit allen Vieren gegen die neuerliche Gefangenschaft zu wehren. Da nützte kein noch so gu-

tes Zureden und Streicheln. Sie schrie und scharrte, sie sprang die Sprießeln des Käfigs hoch oder machte sich am Boden ganz dünn, um in den Ecken und an den Riegeln des Türls zu schnuppern und zu kratzen. Sie tut uns furchtbar leid.
Heute wollen wir probieren, wie sie sich benimmt, wenn wir ihr, zumindest teilweise, die Freiheit wiedergeben. Sie hat jetzt kein Stück Fell mehr am Körper und sieht gräßlich aus. Nur Haut, wohin das Auge reicht. Dort, wo früher die weißen Stellen waren, ist jetzt blanke, rosafarbene Haut, dort, wo sie schwarz und braun war, ist graue. Obwohl wir ihr eine Art Krawatte um den Hals gebunden haben, damit sie sich nicht dauernd leckt, hat sie sich doch mit den Pfoten an den eingeölten Stellen gekratzt und sich damit die Augen verschmiert. Wenn man sie so anschaut, kann man gar nicht glauben, daß sie jemals wieder wie eine Katze aussehen wird ...

10. Juni. Heute war ich mit Mimi wieder bei Dr. Ruso in Stockerau. Als er sie sah, mußte er lächeln.

»Na, du schaust ja g'sund aus!«, sagte er, war aber mit ihrem Zustand ganz zufrieden. Ein feiner Flaum bedeckt jetzt bereits die rundum kahlen Stellen.
»Sie werden sehen, in sechs Wochen hat sie ein neues Fell und ist schöner denn je!«, tröstete er mich. Mimi, die sonst so Temperamentvolle, ist ruhiger geworden. Seit sie nicht mehr mit Öl eingeschmiert werden muß und wieder rein ist, geht sie uns wieder zu. Auch ihr Appetit, der während der ersten drei Wochen völlig ausblieb, ist wieder da. Sie delektiert sich an kleingeschnittener Rindsleber, an Sardinen und ab und zu einem Stückl Extrawurst. Und sie hat endlich zugenommen. Nur am Genick stehen ihr noch sichtbar die Knochen hervor, und die Flanken sind stark eingefallen.

20. Juni. Heute hat sich Mimi, zum erstenmal nach ihrer Krankheit, wieder der Liebe hingegeben. Ein schwarz gefleckter Riesenkater kam gleich im ersten Anlauf zum Ziel. Der Semmelfarbene und ein brauner »Tiger« hatten das Nach-, besser gesagt, das Zuschauen.

Sie schlugen sich später fauchend und sichtbar enttäuscht seitwärts in die Büsche.

22. Juni. Ich muß mich immer wieder über Maxi wundern. Solange Mimi krank im Käfig saß, blieb sie auf Distanz. Jetzt aber, da ihr schon wieder das Fell wächst und sie langsam ihr altes Aussehen bekommt, setzt und legt sie sich ständig neben sie und leckt sie ab. Mimi tun diese Liebkosungen sichtlich wohl. Sie schnurrt dann laut, und das hört sich an, als hätte sie irgendwo einen unsichtbaren Wecker eingebaut.

30. Juni. Heute hat Mimi mit ihrem Sohn Moritz gerauft. Eine Zeitlang sah es so aus, als würde er ihr den Herrn zeigen, aber ihm fehlt eben doch noch die Routine. Mit Kampfgeist allein kommt er gegen sie, die in vielen Scharmützeln mit jungen und alten Katern Erfahrene, nicht an.

5. Juli. Ich bin ganz verzweifelt, ich kann es einfach nicht fassen. Moritz ist tot! Wie konnte das nur passieren? Warum habe ich ihn auch herausgelassen, bei diesem Unwetter? Gestern kurz nach zehn Uhr abends begann es plötzlich zu donnern und zu blitzen und kurz danach ging über unserem kleinen Dorf ein schweres Gewitter nieder, wie es – das hat mir unser Nachbarbauer Schirmböck versichert – sehr selten ist in dieser Gegend. Maxi und Mimi verkrochen sich sofort unter die Betten, Moritz aber machte einen Sprung zum Fenster, fand es verschlossen und begann wie wild am Holz zu scharren.

»Der wird äußerln gehen müssen. Das ist seine Zeit!«, meinte Hans und wollte das Fenster öffnen.

»Bei diesem Regen?«, warf ich ein.

»Na, glaubst du denn, daß der Regen einer Katze schadet? Schau doch, er ist ja nicht zu halten!«

Tatsächlich sprang Moritz immer wieder aufs Fenster, kratzte an den Flügeln, hüpfte zu mir ins Bett, hangelte sich an den Balken der Dachverstrebung hoch, sprang auf Sessel und Tische, kurz, er gebärdete sich wie verrückt.

»Ich geh hinunter und laß ihn bei der Tür hinaus!«, sagte ich.

Als hätte er den Sinn meiner Worte verstanden, sprang Moritz mit hochgestelltem Schwänzchen vor mir die Holztreppe hinunter, und kaum hatte ich die Terrassentür aufgemacht, war er auch schon in der Nacht verschwunden. Normalerweise kam er, wenn er sein Geschäftchen verrichtet hatte, umgehend heim. Diesmal war es anders. Die Uhr schlug zwölf, dann eins, zwei, drei. Schließlich um vier, hielt es mich nicht länger im Bett.

»Du, der Moritz ist noch nicht zurückgekommen. Ich werd ihn rufen gehen!«, weckte ich meinen Mann, der darauf im Halbschlaf etwas von »aus dem besten Schlaf herausreißen« »Narretei« und ähnliches murmelte.

Ich zog den Schlafrock an, nahm die Taschenlampe, legte sie aber gleich wieder weg, denn im Osten war der Himmel schon hell, und über dem Garten lag bereits die Dämmerung des Morgens. Zunächst wandte ich mich nach rechts, wo der Hügel sanft ins untere Gartenstück abfällt und es zwischen Büschen und Farnen zahlreiche Mauslöcher gibt, vor denen Moritz oft stundenlang unbeweglich auf seine Beute lauerte. »Moritz, Moritz!«, rief ich.

Aber es rührte sich nichts. Also ging ich die Stufen hinauf, in Richtung Stadel. Und dort, zwischen den Birken, sah ich ihn liegen. Ich berührte und schüttelte ihn, aber er bewegte sich nicht. Ich nahm ihn hoch und lief ins Haus.

Hans war sofort munter. Mein Schrei war ihm durch Mark und Bein gegangen. Auch er konnte nicht fassen, daß Moritz tot war.

»Man sieht keine Schußwunde, er ist auch sonst nirgends verletzt. Eigenartig!«, sagte er.

Ich wollte Gewißheit haben. Wir brachten den kleinen Kater in die Tierärztliche Hochschule und ließen ihn sezieren.

»Ihn hat ein Blitz getroffen!«, erklärte der Dozent, als ich ihn vor zwei Tagen anrief. »Das ist eine sehr seltene Todesart«, fügte er hinzu. »Die Gefahr, daß so etwas passiert, steht etwa eins zu einer Million. Es tut mir leid, Ihr Kater hat eben Pech gehabt ...!«

Einen Monat nach dieser Gewitternacht erschien Moritz II. auf der Bildfläche. Wir wollten ihn nicht. Und das bekam er zu spüren. Aber offenbar hatte sich der kleine Kerl vorgenommen, allen Widerständen zum Trotz ein Quartier anzupeilen, in dem es regelmäßig gute und reichliche Kost gibt und seinesgleichen wohlgelitten ist. Der Nachrichtendienst innerhalb des Untergruber Katzen-Clans scheint zu funktionieren. Denn wann und wo immer es im Umkreis von zehn Kilometern einen Schnurrer oder eine Schnurrerin in Not gibt, erscheint er beziehungsweise sie auf unserem Territorium. Ein Schälchen Milch, ein Teller mit Fleisch, Fisch oder Wurst steht nachts immer vor der Tür. Und das hat sich offenbar herumgesprochen …
Der 6. August 1970 war ein heißer, trockener Tag. Von den nahen Feldern dröhnte das Klappern der Mähdrescher zu uns herüber, und die

Luft war von feinem Staub erfüllt, der sich auf Blumen und Gräser legte und beim geringsten Windhauch zu heftig kreiselnden Wirbeln aufstieg. Ich hatte mein Katzentagebuch aus dem gelben Zimmer geholt und war eben dabei, auf Moritz, dieses arme Opfer eines nächtlichen Gewitters, einen »Nachruf« zu verfassen, da raschelte es im Gebüsch neben unserem Preßsteintisch, und »er« stand vor mir. Später schrieb ich über diese erste Begegnung mit Moritz II. folgendes:

8. August. Seit vorgestern verzeichnen wir einen »Neuzugang«. Hans und ich haben zwar alles unternommen, um den kleinen Kater so rasch wie möglich loszuwerden, aber es war nicht möglich. Jetzt haben wir resigniert. Es geht eben nichts über ein eigensinniges, kleines, verhungertes Katzenkind ...
Er ist dünn und knochig, braun-schwarz gestreift und miaute kläglich. Die Ohren hielt er dabei gespitzt, als wollte er jede mögliche Gefahr erhorchen. Er schaute mich mit einem Blick an, der ein einziges Fragezeichen war: Wirst du die langgesuchte Menschenseele

sein, die endlich, endlich, meinen entsetzlichen Hunger und Durst stillt?
Maxi und Mimi lagen faul im Gras, hoben kurz den Kopf, um nach dem heftig miauenden Eindringling zu spähen, aber dieses klapprige Häufchen Katz gefiel ihnen nicht, und so gähnten sie nur und schliefen weiter. Ich aber betrachtete den kleinen »Miau« mit dem großen Kopf und dem spindeldürren Körperchen, und mein Herz erzitterte vor Mitleid. »Du Armer!«, sagte ich, streichelte ihn, der zutraulich nähergekommen war, und eilte in die Küche. Kurze Zeit später schlabberte er gierig die Milch und machte sich über die Leber her ... –

Wenn ich heute über diese erste Begegnung mit Moritz II. nachdenke, muß ich lachen. Haben wir nicht wirklich alles unternommen, um ihn nach dieser ersten Atzung zu vertreiben?
Hans hatte damals zu mir gesagt: »Der fremde Kater kann nicht hierbleiben. Die Katzen werden eifersüchtig und davonlaufen!« Also trug er ihn weit weg, aufs Feld. Doch kaum hatte er

nach seiner Rückkehr das Gartentor hinter sich zugemacht, stand der Kater bereits wieder auf der Terrasse und blinzelte mich an. Ich las in seinen Augen die Entschlossenheit desjenigen, der nichts zu verlieren, aber alles zu gewinnen hat: Hier gefällt's mir. Hier bin ich, und hier bleibe ich!
Aber ich wollte ihn nicht. Er würde unsere Katzenidylle nur stören. Er war ja weder Maxis noch Mimis Kind. So nahm ich ihn auf den Arm und trug ihn weg. Diesmal ans andere Ende des Dorfes, wo die Wiesen sind. Dort setzte ich ihn ins tiefe Gras und lief davon. Atemlos kam ich daheim an. Und wen erblickte ich zwischen den Rosenbeeten? Den kleinen Kater! Er schaute mich ruhig an, als wollte er sagen: »Ich durchschaue dich!« Ins Katzentagebuch habe ich daraufhin geschrieben:

– Nicht weniger als viermal (!) haben Hans und ich an diesem Nachmittag versucht, uns des Katers zu entledigen. Als der Abend kam, sagte ich zu meinem Mann: »Wir machen jetzt einfach die Haustür zu, dann wird er schon sehen, daß sich niemand um ihn kümmert!«

Aber als ich ins Schlafzimmer trat und mich niederlegen wollte, wer saß da, mit gespitzten Ohren auf der Bettdecke? Der kleine Kater ...
»Da ist offenbar nix zu machen«, lachte Hans. »Der bleibt uns. Also laß ihn hier!«

13. August. Seit Moritz' Ankunft sind Mimi und Maxi abgängig. Ich mache mir Sorgen um sie. Beleidigt sind Katzen ja bald. Aber daß sie gleich so lange wegbleiben, nur weil ich mich jetzt notgedrungen um den kleinen Kerl mehr kümmere als um sie? Hans beruhigt mich: »Die finden jetzt überall genug Mäuse und brauchen uns nicht. Sie werden schon wiederkommen!« –

Tatsächlich! Zwei Tage später sind sie dann einzeln eingetrudelt. Haben sich auf ihren Stammplatz ins Haus begeben und den Kater nur mit einem kurzen Blick gestreift ...
Jetzt akzeptieren sie Moritz II. Und nehmen ihn manchmal auch auf ihre nächtlichen Pirschgänge mit.
Er wuchs schnell und nahm zu. Nach drei Mo-

naten war er kein fellüberzogenes, klapperdürres Knochengerüst mehr, sondern ein rundlicher Jüngling, der sich anschickte, die Liebe zu entdecken. Zunächst schnupperte er sich eher zaghaft an seine Gefährtinnen heran. Dann wurde er frecher. Er stellte sich über Mimi und biß sie ins Genick. Die schrie und knurrte, doch er hielt sie wie mit einer Klammer. Da durckte sie sich ergeben. In eben jenem Augenblick ließ er sie los. Er war ja ein so junger Kater. Und wußte mit seinen erwachenden Kräften noch nichts anzufangen.
Dann kam der Winter. Und mit ihm der Schnee. Für Moritz war's der erste. Er stakte mit seinen langen Beinen in die vom Wind aufgehäuften, kleinen Hügel vor dem Haus, steckte sein Schnäuzchen hinein und lief den Bällen nach, die wir weit in den Garten schleuderten.
Abends, wenn draußen dicke Flocken fielen, lag Moritz neben dem Ofen, streckte sich, hielt die Augen halb geschlossen und starrte verschlafen nach meinen klappernden Stricknadeln und auf Hans, dessen Schnitzmesser flink über ein großes Holzbrett jagte.

An einem stürmischen Frühlingstag verließ Moritz II. knapp nach dem Mittagläuten das Haus. Wir sahen ihn langsam in Richtung Felder davongehen. Als er abends nicht heimkam, meinte Hans: »Jetzt werden wir Moritz nur noch selten sehen. Der geht den Katzen nach, da ist mit ihm nichts anzufangen!«

24. April 1971. Moritz fehlt uns sehr. Er ist tatsächlich nicht zurückgekommen. Ich kann es gar nicht fassen. Er hatte es doch so gut! Hans tröstet mich: »Die Natur läßt sich nicht überlisten. Hättest du ihn als Haustier hier haben wollen, hätten wir ihn kastrieren lassen müssen. Aber dann ... wär's ihm vielleicht schlecht ergangen. Denn seine Feinde, die anderen Kater, sind stark und lauern überall.«

3. August. Wir sprechen nicht mehr von Moritz II. Und doch denken wir viel an ihn. Manchmal schrecke ich nachts auf und horche hinaus. Hat da nicht eine Katze miaut? Ist das vielleicht der Moritz? Mehrmals bin ich auch schon in den Garten geeilt, habe leise »Moritz, Moritz!« gerufen. Doch er kam nicht. Nur der

Wind hustete in den Bäumen und der Schirmböck-Hund begann zu bellen.

4. Oktober. Die Jäger haben es jetzt eilig. Rund ums Haus macht es bumm, bumm, bumm. Immer wenn die Schüsse knallen, stieben ganze Vogelschwärme in die Höhe, und ich denke mir: Wenn Moritz draußen auf den Feldern ist, überlebt er das nicht!
Im Dorf lachen die Leute über mich, wahrscheinlich auch über Hans. Gestern hat er einen Bauern gefragt: »Haben Sie vielleicht unseren Moritz gesehen? Er ist seit dem Frühjahr abgängig!«
»O je, den haben's sicher z'sammg'führt. Weil einem ja diese Mistviecher immer ins Auto einerennen!«, antwortete der.

4. Dezember. Der Winter kommt heuer nur zögernd. Er bestäubt ganz allmählich das Land mit Schnee. Aber es wird zusehends kälter. Wo Moritz jetzt wohl ist? Ob er überhaupt noch lebt?

18. Dezember. Gestern, kurz vor Mitternacht, fuhr ich aus dem Schlaf hoch. Auch Maxi und Mimi spitzten die Ohren und erhoben sich. Draußen tönte ein langgezogenes »Miau«. Hans und ich liefen ins Erdgeschoß. Und sahen ihn sitzen. Sein Näschen dicht an die Glastür der Terrasse gepreßt, vor Kälte zitternd. Wir öffneten die Tür. Aber er war scheu geworden und lief davon. Ich eilte in die Küche, füllte den Milchnapf und häufte Leberstückchen auf den Teller. Wie damals an jenem heißen Sommertag. Moritz schlich kurze Zeit später heran. Bald darauf ging er wieder weg.

»Hauptsache, er lebt!«, sagte ich zu Hans. –

Gottlob geht's in unserem Haus nicht immer so hektisch und emotionsgeladen zu, wie das mancher glauben wird, der mit mir in diesem Katzentagebuch blättert. Es gibt auch stille Perioden. Wo nichts »Sensationelles« passiert. Wo nicht eine Katze die andere ins Haxl beißt oder irgendwo eine Krankheit aufschnappt. Auch gehen nicht ununterbrochen »unbekannte Bekannte« durchs Dorf und ballern nach Katzen und anderem Getier. Ich habe solche Perioden der Ruhe immer ganz besonders genossen. Schließlich: Wozu hält man sich Haustiere? Damit wir uns an ihnen und sie sich an uns erfreuen!

Zu den bescheidenen und doch ganz und gar nicht kleinen Freuden dieses Lebens gehört für mich das Beobachten der Tiere. Experten nennen es Verhaltensforschung. Aber so hochgestochen möchte ich mich, was mein zugegebenermaßen liebevolles Hinschauen,

Hineinhorchen und In-sie-Versenken anlangt, gar nicht ausdrücken. Ich hatte nie den Wunsch, in Maxi oder Mimi, in Moritz I. oder Moritz II. ein »Studienobjekt« zu sehen. Was Mentschi anlangt, muß ich allerdings zugeben, daß er ein Fall für den Psychiater war. Aber er ist – zumindest bis jetzt – unter allen unseren schnurrenden Freunden die große Ausnahme geblieben. Wer Tiere im allgemeinen und Katzen im besonderen beobachtet, wird schnell dahinterkommen, daß sie ihre eigene audio-visuelle Sprache haben. Sehr gezielt setzen sie sie ein. Und sind enttäuscht, wenn man sie – unbewußt oder mit Absicht – ignoriert.

Zunächst: Mit Katzen, sollte man nie laut reden. Schon der normale Stimmaufwand ist ihnen zuviel. Ihre Ohren reagieren wie Radarschirme. Ihr Gehör ist phänomenal. Kein Wunder. Hören sie doch aus hundert Metern die Mäuse wispern! Ich war unlängst bei einem sehr bekannten Burgschauspieler eingeladen, der sich recht großspurig als Katzenliebhaber aufspielt. Aber er ist gar keiner. Denn er nimmt nicht im geringsten auf die

Physis seiner schnurrenden Schutzbefohlenen Rücksicht. Wenn er mit seinem Kater spricht, hört sich das an, als deklamierte er den »Faust I«-Monolog für ein paar Schwerhörige auf der vierten Galerie.

»Pst«, sagte ich zu ihm. »Katzen mögen's geflüstert!« Mich dauerte der »Perser«, dessen Ohren angesichts der so vehement über ihn hereinbrechenden Schallwellen bereits so niedergebügelt lagen, als wäre ein 20-Tonnen-Panzer über sie hinweggerollt.

»Was glauben Sie denn?«, fuhr mich da der Mime an. »Ich bin Schauspieler, und an meine Stimme müssen sich auch die Viecher gewöhnen!«

In meinem Tagebuch finde ich unter dem *20. Mai 1971* folgende Eintragung:

Wie doch die Zeit vergeht! Jetzt sind es schon vier Jahre her, daß unser kleines Haus von Katzen bevölkert wird. Ob sie uns so gut kennen wir wir sie? Manchmal glaube ich's. Dann steigen mir wieder Zweifel auf. Letzten Endes sind sie sich doch selbst der beste, vielleicht auch der einzige Freund. Wir bleiben in ihrem

Dasein nur mehr oder weniger wohlgelittener Zaungast.
Aber in diesen vielen Monaten, Tagen und Stunden sind sie mir nicht nur ans Herz gewachsen. Sie haben auch meine Entdeckerinstinkte aufgewühlt. Und jetzt bilde ich mir fast ein, sie zu verstehen. Ihre ganz und gar eigenwillige »Sprache« enträtselt zu haben.
Zunächst: Nur wenn sich eine Katze wohlfühlt, schnurrt sie. Manchmal klingt das auch wie knurren. Allerdings nur dann, wenn sie Bronchitis hat. Als ich darüber zum erstenmal mit meinem Mann sprach, fing der gleich zu wiehern an. »So was, Bronchitis! Warum nicht gleich Keuchhusten?«
»Kann ich mit dir ein einzigesmal ernst reden?«, entgegnete ich irritiert.
»Ernst reden schon«, sagte er und wischte sich die Tränen aus den Augen. »Nur – ernst nehmen kann ich dich nicht!«
Tags darauf, ich werde das kaum vergessen, rief ich ihn von Wien aus an. Maxi war mir, als ich wegfuhr, müde und ziemlich unlustig vorgekommen. Sie hatte mich nicht, wie sonst immer, ins Vorzimmer begleitet. Und – untrügli-

ches Zeichen ihrer Malaise – der Schweif war, statt ein Rufzeichen, ein Gedankenstrich, was auf ziemlich depressive Laune hinweist. Ich fragte also am Telefon: »Und wie geht es Maxi?«

Kurze Pause. Dann sagte mein lieber Mann: »Maxi, der geht's gut. Nur blaß ist sie halt ein bißl!«

Schon wollte ich in ein bedauerndes »Aber geh!?« ausbrechen, da wurde mir blitzartig klar, daß er mich – wie schon so oft – am Faden hielt. Natürlich mußten wir beide lachen. Und als ich hörte, daß sie gleich nach meiner Abfahrt vor ihrem Mausloch Posten bezogen hatte, war ich beruhigt.

Die Körpersprache der Katzen ist für uns Menschen leichter verständlich als ihre stimmlichen Äußerungen.

- Schwanz auf halbmast in Verbindung mit gelockertem Liegestütz bedeutet: Jetzt werd ich gleich was anstellen!
- Angelegte, nach hinten weisende Ohren signalisieren Zorn oder Angst.
- Ohren seitlich heißt: Achtung, ich hör, was du nicht hörst!

- O Ohren nach vorn: Mir ist nach Spielen zumute. Ha, wie ist die Welt so schön!

Manche Katzen »reden« viel. Andere schweigen gern. Auch da gebärden sich diese einzigartigen Geschöpfe einzigartig individuell. Ein kurzes, mehrmaliges abgehacktes Miau kann Vorwurf und Aufforderung sein. Je nach Stimmung und Situation. Ein gedehntes Miau ist meistens ein Freudenschrei. Als wir unlängst, nach einem Tagesausflug, spät nachts heimkehrten, saß Mimi im Vorraum und begrüßte uns so. Maxi schaute nur vorwurfsvoll. Sie ist leicht beleidigt und verlangt Aufmerksamkeiten wie eine Primadonna.

4. Oktober. Gestern klopfte Frau Mitterhauser bei uns an, und druckte, sichtlich verlegen, eine Zeitlang herum. Schließlich brach es aus ihr heraus: »Drunten auf der Straßen, beim ersten Brückerl, miaut a Katz. Sie ist sehr zutraulich und rennt einem jeden nach. Aber wir haben eh schon a paar. Ich hab mir halt dacht, wenn Sie sie vielleicht nehmen wollten?...«
»Ehrlich gesagt, wir haben zwei im Haus und ein halbes Dutzend in Kost ohne Quartier.

Unser Bedarf ist gedeckt!«, sagte Hans. Ja, ja, ich weiß schon, was du denkst, aber – einmal muß Schluß sein! signalisierte mir sein Blick, und ich gab ihm – schweren Herzens – recht.
Heute nacht hörte ich's dann unter unserem Fenster miauen, und ich dachte: Ob das der Kater vom Brückerl ist? Am Morgen war von ihm aber weit und breit keine Spur.

7. November. Jetzt haben wir den Salat. Präziser: Wir haben wieder einen Kater! Er ist grau, sehr mager und unheimlich zärtlich. So was von Hingabe, von Anschmiegsamkeit, habe ich bei einem wildfremden, zugelaufenen Katzentier noch nicht erlebt. Vor zwei Tagen, frühmorgens um sieben, sah ich ihn vor der Gittertür auf der Terrasse sitzen. Als ich den Vorhang zurückschlug, machte er ein Männchen und begann kläglich zu miauen.
»Vielleicht ist er verletzt, weil er so schreit!«, meinte ich.
»Aber geh, an Hunger hat er. Gib ihm halt ein Schalerl Milch!«, sagte Hans.
Es blieb nicht bei der Milch. Das magere

G'stierl entwickelte einen Appetit, als hätte es schon mindestens drei Wochen keinen Bissen mehr geschluckt. Als es mit geschwelltem Bauch kaum noch stehen konnte, machte es einen Satz und war in der Halle.

Der Kater legte sich, als wäre das die selbstverständlichste Sache der Welt, sogleich auf den Fauteuil im gelben Zimmer, ringelte sich ein und entschlummerte. Um drei am Nachmittag schauten wir nach ihm. Da saß er mit zurückgelegten Ohren unter dem Schreibtisch und duckte sich, als ich näherkam.

Was hat er nur?, wunderte ich mich. Dann traf ein »Windhauch« meine Nase, und ich wußte alles!

»Jessas, der hat uns einen Haufen mitten auf den neuen Spannteppich gelegt!«, schrie ich in höchster Not.

»Recht geschieht dir! Der ist ja nur ein Tier. Der weiß es ja nicht anders!«, erwiderte mein Mann. »Du hast ihn ja ins Haus lassen müssen. Jetzt mußt du putzen ...«

Ich putzte schweigend und verbissen. Eine ganze Rolle Klopapier ging drauf und drei Kübel Wasser.

»Ein Fleck wird bleiben!«, stellte Hans fachmännisch fest, »aber dafür ist ja der Ärmste jetzt erleichtert!«
In einer ersten Aufwallung von Zorn wollte ich den Kater, der sich schuldbewußt in die hinterste Ecke des Zimmers verzogen hatte und nun als Häufchen Unglück neben dem Bücherkasten saß, zur Tür hinauswerfen. Aber dann tat er mir leid.
»Du kannst ja nichts dafür«, sagte ich. »Bist halt noch nicht zimmerrein. Aber das wirst du schon noch lernen!«

10. November. Gar nichts lernt er. Und ich bin fast am Ende mit meiner Geduld. Kann man sich vorstellen, was andere Leute in solcher Situation tun würden? Gewiß!
»Wahrscheinlich sind wir nicht normal«, sagte Hans heute früh zu mir. »Der Kater macht uns täglich mindestens zweimal ins Zimmer, und wir lassen ihn immer noch ins Haus ...!«–

Als ich vor ein paar Jahren in einer Zeitung las, daß sich in Kalifornien ein »Hundepsychiater« niedergelassen hat, der sich über Kunden-

mangel nicht beklagen kann, dachte ich mir: So ein Unsinn. Unglaublich, womit sich manche Leute heutzutag ihr Geld verdienen!
Dann kam Mentschi in unser Haus, und ich mußte meine Meinung ändern. Tatsache ist: Dieser Kater war kein Fall für einen normalen Tierarzt. Körperlich fehlte ihm ja nichts. Aber er hatte einen Angstkomplex. Und den verlor er lange nicht. Ich bin nie dahintergekommen, was ihm widerfahren war, bevor er zu uns kam. Schönes kann's kaum gewesen sein. Zumindest nicht in der letzten Zeit, bevor er in unser Haus flüchtete. Eines stand für mich allerdings von Anfang an fest: Mentschi war, zumindest in den ersten Monaten seines Lebens, unter Leuten aufgewachsen, also kein »Streuner«.
»Woher willst denn das wieder wissen?«, fragte Hans.
»Ganz einfach«, antwortete ich: »er ist an Hausmannskost gewöhnt!«
»Hat er dir das erzählt?« Meinem lieben Mann stand wieder einmal ein gewisses Lächeln im Gesicht, was mich allerdings nicht davon abhielt, an meiner These festzuhalten.

»Natürlich nicht!«, erwiderte ich ruhig. »Aber eine Katze, die lieber Erdäpfelpüree als rohe Leberschnitten, lieber Gemüsesuppe als Sardinen frißt, die so ganz und gar nichts für Sachen übrig hat, die von (verwöhnten) Hauskatzen als Delikatesse empfunden werden, anderseits auch nicht allzu scharf auf Mäuse und anderes Getier ist, hat ihre Kindheit sicher in einer Familie verbracht!«

»Möglich«, gab Hans nun plötzlich zu. Und meinte nach einer Pause: »Vielleicht haben sich mit ihm Kinder abgegeben, weil er noch jetzt, als Alter, so verspielt ist. Als er dann größer geworden ist, nicht mehr so herzig war, wie ganz kleine Katzen, werden sie ihn verjagt haben. So was kommt ja leider öfter vor!«

Natürlich waren die Diskussionen um Mentschis Herkunft nicht das einzige Wichtige im Zusammenhang mit unserem Katzenzuwachs. Was uns gestört, ja richtiggehend schockiert hat, war seine bis zur Manie gesteigerte Gewohnheit »drinnen hinaus« zu gehen.

Es war in diesem Jahr früh Winter geworden. An einen schneereicheren November als 1972

kann ich mich nicht erinnern. Auch die plötzlich hereinbrechende Kälte war ungewöhnlich. Daß sich der Kater ins wohlgeheizte Haus gerettet hatte, war verständlich. Katzen lieben nun einmal die Wärme. Daß er aber nicht zu bewegen war, seine »Geschäfte« im Freien zu verrichten, gestattete uns zunächst gar keine andere Alternative, als ihn, nachdem gutes Zureden nichts half, einfach zur Tür hinauszuwerfen.
Am *17. November* ist das geschehen. Ich lese unter diesem Datum in meinem Katzentagebuch folgendes:

Mir tut das arme Tier leid. Aber was soll ich tun? Ob dieses Problem überhaupt gewaltlos lösbar ist? Vor vier Tagen hatte ich es endgültig satt. Ich bekam einen regelrechten Rappel, als ich morgens um sieben das gelbe Zimmer betrat und an der gleichen Stelle, wo ich schon so oft »Haufen« weggeräumt hatte, einer riesengroßen Lache ansichtig wurde.
»Jetzt hab ich genug!«, schrie ich, packte den mit zurückgelegten Ohren in respektvoller Entfernung hockenden Kater, öffnete die Ter-

rassentür und schmiß ihn mit voller Wut in den aufgehäuften Schnee.
Nie werde ich seinen Blick vergessen. Angst lag darin und die vorwurfsvolle Frage: Warum bist du so böse? Was hab ich dir denn getan?
Unbewußt habe ich das gleich registriert. Aber erst Tage später wurde mir mein Verhalten in seiner ganzen Grausamkeit bewußt. Ich habe von einem unerzogenen und verängstigten Tier etwas verlangt, was es nicht geben konnte, weil es ihm nicht rechtzeitig beigebracht worden war. Darüber aber war ich mir zunächst nicht schlüssig. Mein Geduldsfaden war gerissen. Wer kann schließlich von einem verlangen, daß man zweimal täglich die Exkremente einer Katze aus der Wohnung räumt, die sich trotz größter Anstrengungen nicht erziehen lassen will?
Mentschi saß also von oben bis unten schneebestäubt auf der Terrasse, und ich beeilte mich, nach der Gittertür so schnell wie möglich die Glastür zuzumachen. Als ich den Vorhang zuzog, sah ich, wie er mit einem Sprung die Mitte des Gitters erreichte und von dort,

heftig miauend, immer höher kroch. Ich ging zum Fenster und schaute aus einem Winkel von neunzig Grad auf ihn. Was ich sah, schnitt mir ins Herz. Plötzlich hing er zwischen den Kleeblättern der schmiedeeisernen Tür und konnte weder vor noch zurück.

»Da kannst du ruhig zuschauen?«, fragte Hans, der mittlerweile die Holztreppe heruntergekommen war.

Er ging zur Terrassentür, öffnete sie und befreite den Kater aus seiner mißlichen Lage. Jetzt hatten wir ihn also wieder im Haus. Schweigend machte ich das Frühstück, schweigend aßen wir.

»Und was jetzt?«, wollte ich schließlich von ihm wissen.

»Wir könnten's ja versuchen. Ob es hilft, ist eine andere Sache!«

»Was?«, fragte ich.

»Vielleicht ist es verrückt«, meinte mein Mann. »Aber ich glaub, wenn wir ihm gut, vor allem aber lang genug zureden, wird er, wenn's wieder soweit ist, freiwillig hinausgehen!«

»Du meinst also, wir sollen bei zehn Grad Käl-

te die Haustür aufmachen und ihn schön bitten, draußen zu sch ...?!«, sagte ich.
»Sicher«, erwiderte Hans. »Ich werd ihn heute genau beobachten. Und wenn er sich wieder ins gelbe Zimmer verzieht, versuchen wir's einmal so!«
Es dauerte an diesem Tag sehr lang, bis es soweit war. Als hätte er begriffen, daß ihm allerhand bevorstand, verkroch er sich unter meinem Schreibtisch und tat so, als würde er schlafen. Was aber nicht der Fall war, denn bei der geringsten Annäherung meinerseits hob er den Kopf, legte die Ohren zurück und knurrte mich an.
Es war schon fast dunkel, als mir Hans von der Halle aus ein Zeichen gab: Es ist soweit!
Mentschi war eben wieder drauf und dran, sich an gewohnter Stelle, mitten im Zimmer, mitten auf dem gelben Spannteppich, niederzulassen. Da hörte ich, wie Hans leise zu ihm sagte: »Komm schön her! Komm mit mir, wir gehen woanders hin!«
Ich stand, wie verabredet, im Vorzimmer. Als der Kater mit hängendem Schweif und angstvoll zurückgelegten Ohren um die Ecke bog,

öffnete ich rasch die Haustür. Ein Schwall eiskalter Luft strömte herein und mit ihm Schnee in dichten, dicken Flocken, die sofort auf dem Steinboden kleine Lachen bildeten.
Mentschi stand nun zwischen mir und meinem Mann im dichten Gestöber. Er schaute in die sinkende Nacht hinaus, dann abwechselnd auf mich und auf Hans. Wir bewegten uns nicht.
Schließlich begann mein Mann von neuem: »Geh hinaus, geh schön! Wir lassen dich ja wieder herein. Brauchst ja keine Angst haben!«
Er beugte sich hinunter, strich dem Kater über den Kopf und Rücken, kraulte ihn am Kinn. Doch der stand zur Salzsäule erstarrt, ging weder vor noch zurück und horchte in den Abend hinaus. Dreiviertel Stunden – ich übertreibe nicht! – standen wir drei so. Ich die Türklinke in der Hand, wortlos, mein Mann in der Hocke, ruhig, liebevoll auf Mentschi einredend. »Geh, hinaus, Mentschi, no geh schön ...!«
Dann, ganz plötzlich, tat der Kater einen Sprung und verschwand im Schnee. Wir blie-

ben stehen, die Tür war offen. Zwei, drei Minuten vergingen. Der Sturm tobte noch immer, aber es hatte zu schneien aufgehört.

»Glaubst du, daß er zurückkommt?«, fragte ich meinen Mann.

»Der schon!«, war seine Antwort!

Und im nächsten Augenblick stand der Kater tatsächlich im Vorraum. An seinem Bart zitterten Eiskristalle, und seine Beine waren bis obenhin mit Schnee bestäubt, aber der Schwanz stand kerzengerade und signalisierte: Alles in Ordnung! Schnell schlossen wir die Tür.

Wir streichelten Mentschi, und er begann allmählich zu schnurren. Seither, ich kann's kaum fassen, ist unser Kater zimmerrein. Wenn's ihm danach zumute ist, läßt er einen kurzen, hohen Ton hören und setzt sich vor eine der drei Türen.

»Ich hab's ja immer schon gewußt, auf den Umgang mit Katzen verstehst du dich!« sagte ich zu Hans. Er gab mir darauf keine Antwort, lachte nur leise! –

Zwei Drittel des Jahres waren meine Katzen mehr mir als Hans zugetan. Den Rest liefen sie allein ihm nach. Solche Perioden verteilten sich regelmäßig über Frühling, Sommer und die ersten Herbstwochen. Wenn Maxi und Mimi, Moritz und Mentschi ihren Bart nur noch an Hans' Hosenbeinen rieben, sich statt auf meinem, auf seinem Bett niederließen und nachts abwechselnd und laut schnurrend auf seiner Brust lagen, dann wußte ich: Für sie war wieder einmal die Zeit der Liebe da.
Was die Weiberln betraf, konnte ich's ja verstehen. Läufige Katzen sind auf Männer scharf. Aber daß auch die beiden Kater ...? Nun, was weiß denn unsereiner vom Innenleben, von der komplizierten Psyche einer Katz? Wenig oder nichts! »Bist du eifersüchtig?«, lachte Hans, als sich das Quartett zum erstenmal laut miauend vor ihm plazierte und mich sichtlich links liegen ließ.

»Das wär doch wirklich blöd!«, protestierte ich. Und wir mußten lachen. Als hätte sie alles verstanden, strich plötzlich Maxi an mir vorbei. Sie berührte sekundenlang mit ihrer feuchten Nase meine herabhängende Hand, trollte sich aber gleich wieder zu den anderen. Wollte sie mich trösten? Wenn so etwas Jahr für Jahr passiert, wundert man sich natürlich nicht mehr über diesen naturbedingten Rhythmus.

Im frühen März begannen die vier damals plötzlich länger als sonst dem Haus fernzubleiben. Nicht nur nachts, sondern auch tagsüber. Und vier, fünf Wochen später wurden die Folgen dieser Streifzüge deutlich sichtbar. Im April, spätestens Anfang Mai, habe ich dann regelmäßig die orangefarbene Truhe geöffnet. Der Nachwuchs kam ohne Komplikationen. Nur einmal schien es mir, als würde Maxi bereits lange über die Zeit an ihren Ungeborenen tragen. Und das versetzte mich in Angst.

Unter dem *4. Mai 1973* lese ich in meinem Katzentagebuch:

– Ich bin schon die ganze letzte Woche unruhig gewesen. Vielleicht ist daran der Artikel eines Tierarztes schuld, den ich kürzlich in der Zeitung las. Der berichtet von einer Katze, die statt der üblichen zehn Wochen vierzehn »getragen« hatte. Und dann ebenso schnell wie jämmerlich zugrunde ging, weil ihre ungeborenen Kinder schon längere Zeit abgestorben waren und allmählich ihren ganzen Organismus vergiftet hatten.
Bei dem Gedanken, daß Maxi etwas ähnliches zustoßen könnte, wird mir ganz flau im Magen. Ich gebe zu, sie ist mein Liebling. Ich beobachte sie ständig. Sie wirkt eigentlich nicht krank. Eher unlustig. Und – sehr faul. Sie geht fast nicht mehr weg. Ihr aufgequollenes Bäuchlein hängt so tief und schwer, daß es den Anschein hat, als streife es den Boden.
»Ob bei ihr alles in Ordnung ist?«, ließ ich vor drei Tagen meine Bedenken laut werden. Wir saßen beim Nachtmahl. Maxi hatte sich neben Hans auf die Bank in der Eßecke gelegt und schien zu schlafen. Aber sie atmete unregelmäßig und mühsam.
»Schau«, sagte ich zu meinem Mann. »Sie

macht nicht einmal die Augen auf, wenn man auf sie einredet. Wer weiß, zum Schluß sind auch bei ihr die Jungen tot!«
»Geh, bitt dich gar schön! Was du dir wieder einredest! Die ist sicher ganz gesund. Sie ist halt müd. Sonst fehlt ihr nichts!«
Das war um sechs. Um sieben gab Maxi plötzlich ein paar klägliche Töne von sich. Ich hörte es bis in die Küche, eilte zu ihr und legte mein Ohr an ihren Bauch. Dazu mußte ich mich auf den Boden hocken.
Als mich Hans so sah, schüttelte er den Kopf. »Laß sie doch in Ruh! Die will schlafen!«
»Komm einmal her, greif ihr sachte auf den Bauch. Man müßte doch schon längst die Bewegungen der Jungen spüren!«, sagte ich. »Aber da drin rührt sich nichts!«
Hans kam nicht. Er erachtete es unter seiner (männlichen) Würde, »der Katz auf den Bauch zu greifen«. Aber schließlich wurde auch er nachdenklich: »Wenn du glaubst, kannst du ja den Tierarzt anrufen!«
Ich tat's sofort, doch bei Dr. Ruso lief ein Tonband. Er war in Urlaub. Auch Dr. Denninger, den ich gleich darauf telefonisch alarmieren

wollte, war in Göllersdorf nicht erreichbar. Mittlerweile hatten wir halb neun, und Maxi lag wie tot auf ihrem Platz. Sie hielt die Augen geschlossen und atmete kaum noch.
»Wen könnte ich denn jetzt noch anrufen?«, rief ich verzweifelt. Im selben Moment erinnerte sich mein Mann an einen Tierarzt in einem anderen Nachbardorf. Er meldete sich gleich und hatte keine Einwände, sich trotz der späten Stunde zu uns zu begeben, allerdings kündigte er an, »daß des net büllig sein« würde.
»Ganz egal!«, rief ich. Vielleicht hätte ich das nicht sagen sollen. Denn hinterher meinte jeder, der die Summe hörte: »Na, servas, der hat aber g'schmalzene Preise!« Mir aber war's im Augenblick nur darum zu tun, Maxi zu retten.
Der Dr. Frühwirt kam knapp vor zehn. Schon wie er Maxi anfaßte und auf den Tisch stellte, ließ in mir die bange Ahnung hochkommen: Der hat wohl öfter mit Kälbern, Schweindln und Pferden als mit sensiblen Katzentieren zu tun!
Der fremde Mann erschreckte sie sehr. Noch

furchtbarer aber wirkte seine laute Stimme auf uns alle. Die Halle unseres Hauses ist zwölf Meter lang, fünfeinhalb Meter breit und gute fünf Meter hoch. Aber es dröhnte derart, daß die Lüster wackelten. Während er seiner Tasche eine Spritze entnahm und sie mit einer farblosen Flüssigkeit füllte, ließ er deftige Redensarten und ein paar Witze vom Stapel, die uns unter anderen Umständen aufs höchste amüsiert hätten. Mein Mann lachte auch pflichtschuldigst, ich aber hatte nur Augen für Maxi und war drauf und dran, die Nerven zu verlieren.

Sie hockte mit zurückgelegten Ohren auf dem Tisch, ich hielt sie an Hals und Vorderbeinen fest, während Hans ihr Hintergestell in den Schraubstock seiner Hände nahm. Dann stach der Doktor zu.

»So, jetzt hammas. Na, die wird gleich Wehen kriagn, daß ihr Hörn und Sehgn vergeht!«, polterte er.

»Um Gottes willen, hoffentlich ist die Dosis nicht zu stark!«, warf ich ein.

»Ka Red net!«, lachte er. »Im übrigen, Katzen san jo zach. Was glauben S', die halten scho was aus! Sie wissen ja ... man sagt, sie haben sieben Leben. I hab erst unlängst ane behandelt, der hat a Auto des ganze Hinterteil weggrissen. Ma hätt s' ja glei umbringen solln. Aber ihr Frauerl hat halt gar so plärrt. Also hab i's z'sammgflickt. No, heute rennts scho wieder umadumm. Zwar ist ihr rechter Hinterfuaß steif und der linke a bißl kürzer, aber wanns ihren Leuten so gfallt ... ich versteh ja so was net! ...«

Er packte nur ganz langsam sein Zeug in die Tasche und wollte sich noch im Haus umschauen. »Nett habt's es!«, tönte er. »Da siacht ma wieder, was ma aus an alten Haus machen kann. Wissen S' übrigens, daß da amal der Gemeindestier g'standen is?«

»Ja, ja«, sagte ich ungeduldig. Sein Brüllen ging mir durch Mark und Bein und schrecklich auf die Nerven. Hans merkte, daß ich blaß war.

»Was sind wir denn schuldig, Herr Doktor?«, fragte er, um ihn abzulenken. Augenblicklich wurde er still. Dann hörten wir ihn einen Betrag nennen, den in Wien kurze Zeit zuvor von mir ein Universitätsprofessor für eine ein-

stündige interne Durchuntersuchung verlangt hatte. Mein Mann zahlte, ohne mit der Wimper zu zucken. Ich sagte kein Wort. Plötzlich, der Doktor hatte sich ebenso laut wie wortreich verabschiedet, sprang Maxi mit einem Aufschrei vom Tisch, lief quer durch die Halle zur Terassentür und verschwand in der Nacht.
»Wir hätten sie nicht hinauslassen sollen!« sagte mein Mann. »Die hat vielleicht einen Schock, rennt auf die Straße, und einer fährt sie nieder!«
Ich lag bis zum Morgengrauen wach im Bett. Um sechs hielt ich es nicht mehr aus. Ich suchte sie im Garten, auf dem Feld hinterm Haus, ich rief ihren Namen laut in die Gegend. Maxi kam nicht. Zwei Tage und zwei Nächte blieb sie weg. Erst heute nacht hörte ich es auf der Katzentreppe poltern. Dann stand sie zwischen unseren Betten.
»Schau sie an«, sagte ich zu meinem Mann, »sie hat ja gar kein Baucherl mehr!«
»Wirklich«, staunte auch er. »Da muß ich gleich in der Früh nach den Kleinen suchen!«
Er fand sie in einem Stadel, mitten im Stroh.

Nur eins der fünf lebte. Maxi lief aufgeregt hinterher, als er es in die orangefarbene Truhe legte. Sie sprang hinein und leckte es. Auch Mimi, hochträchtig, gesellte sich zu ihr. »So, jetzt hast du wieder dein Idyll!«, lachte Hans. Ich stellte einen Sessel neben die Truhe, betrachtete die drei und war sehr glücklich. –

Ganz allgemein habe ich wenig übrig für Statistiken. Schon in der Schule war mir alles, was nach Mathematik roch, gründlich zuwider. Und wenn sich gar kalte Zahlen mit Gefühlen mengen, über die man sich rational kaum Rechenschaft ablegt, sind sie mir doppelt unsympathisch. Doch vor ein paar Wochen fiel mir ein Aufsatz der amerikanischen Psychologin Dr. Ann Cain in die Hände. Und plötzlich fand ich die Zahlen beziehungweise das Resultat, das sie anzeigten, gar nicht so übel.
»Ich habe mich schon als Kind gefragt, warum so viele Haustiere Menschennamen haben«, las ich da. »Ich kam dahinter: 44 Prozent aller Männer und Frauen sehen in ihrem Tier ein vollwertiges Familienmitglied!« »Da hast du's!« sagte ich zu Hans. »Es gibt Menschen, die so empfinden wie ich.« Wenn ich sage: ›Für mich sind meine Katzen wie kleine Menschen!‹, findest du das übertrieben!«

»Also gut«, meinte mein Mann, »lies mir halt diese patente Statistik vor. Wenn's um Katzen geht, lern ich ja auch heute noch gern was dazu ...«
»81 Prozent der Männer und Frauen sind der Meinung, daß Haustiere genau spüren, ob man traurig, glücklich oder krank ist. Und 55 Prozent halten ihr Tier für ›sehr wichtig‹, um glücklich zu sein. 15 Prozent betrachten es als besten Trost während einer Krankheit oder nach dem Tod eines nahestehenden Menschen und 72 Prozent der älteren Leute behandeln ihre vierbeinigen Freunde mit größerer Aufmerksamkeit als ihre eigenen Kinder.«
Wir dachten nach. Dann meinte Hans: »Ich glaube, die letzte Zahl ist zu hoch gegriffen. Da dürfte sich die gelehrte Dame wohl ausschließlich unter Witwen und Greisen umgehorcht haben. Die macht vielleicht das Brüllen und die Hektik der lieben Kleinen nervös. Aber an dem anderen, was sie sagt, dürfte was Wahres sein. Erinnere dich nur, wie damals, vor fünf Jahren, Mimi zum zweitenmal verschwand. Wir waren beide ganz aus dem Häusl! ...«

In meinem Katzentagebuch steht der genaue Zeitpunkt ihrer Abgängigkeit genau verzeichnet: *14. September 1973, früh um sieben.* Sie hatte sich in bester Laune einen Berg kleingeschnittener Leberschnitten sowie fast eine halbe Flasche Milch einverleibt. Dann war sie mit hocherhobenem Schwänzchen im Garten verschwunden.

Irgend etwas muß danach passiert sein. Vielleicht mußte ich stante pede nach Wien fahren. Vielleicht kam Besuch, oder ich wurde krank. Jedenfalls gibt es nach dieser knappen Zeitangabe von Mimis Abgang keine weiteren Eintragungen. Erst am *6. November,* also fast zwei Monate später, habe ich wieder Notizen gemacht.

Da steht geschrieben:

– Von Mimi gibt es immer noch keine Spur. Wahrscheinlich lebt sie nicht mehr. Und wenn, leidet sie fürchterlich, denn sie ist sehr verwöhnt. Freiwillig würde sie bei dieser Kälte nicht draußen bleiben. –

Ab Mitte Dezember fiel dann dauernd Schnee. Aber am Tag des Heiligen Abends war es rings um unser Haus wieder aper. Nur an den Hängen zum Bach gab es ein paar graue, hartgefrorene Reste, die selbst in der Mittagssonne nicht schmolzen.
Unter dem *25. Dezember* steht eine lange Epistel. Die Schrift ist teilweise unleserlich, wie verwaschen. So, als hätte jemand mit einer Pipette Flüssigkeit aufs Papier getropft. Aber es war kein Wasser, es waren meine Tränen, die damals auf die Seiten meines Katzentagebuchs gefallen sind.

– »Gestern nachmittag, gegen drei, ich stand gerade neben Frau Grüneis in der Küche und wollte die Weihnachtstorte mit Kerzen dekorieren, fiel plötzlich ein Schuß«, lese ich.
»Mein Gott!« rief ich, »der Moritz ist draußen. Zum Schluß hat ihn einer umgebracht!«
Ich rannte sofort vor die Haustür und über die Stufen zum Zaun hinunter. Doch ich sah niemanden. Frau Grüneis lief ebenfalls aus dem Haus, aber in die andere Richtung. Auch Hans kam gelaufen. Er war, wie sich bald darauf

herausstellen sollte, der Tragödie am raschesten auf der Spur. Mit einem Satz sprang er zum hinteren Gartentor, riß es auf und lief in Richtung Stadel.

Und dann hörte ich ihn: »Ach Gott, welche Kanaille hat uns denn unseren Moritz erschossen?« In ohnmächtiger Wut rannte er den schmalen Feldweg hinauf und auf die Straße, wo das Marterl steht.

Ich aber hatte in diesem Augenblick gar keinen Gedanken für den gemeinen Mörder. Ich sah unseren kleinen Kater ausgestreckt vor mir liegen, mit dieser Wunde in der Schläfe, aus der ein dünner Blutstrahl quoll, und mir war, als würde mein Herz zerreißen.

»Jessas, ist denn das möglich?« hörte ich von weitem Frau Grüneis sagen. Ich weiß sehr wohl, daß sie sich aus Katzen nicht viel macht. Aber der Anblick dieses mutwillig getöteten, unschuldigen Tieres regte auch sie auf. Gleich darauf kam Hans zurück, legte seinen Arm um meine Schulter und sagte gepreßt: »Geh ins Haus, Gerti, da ist nichts mehr zu machen. Das Schicksal wird diesen Schweinehund, der das getan hat, schon noch strafen.«

Er nahm Moritz in seine Arme, und so hasteten wir, weil es sehr kalt war, zurück ins Haus. Zwei Stunden später fuhr ich mit Frau Grüneis nach Göllersdorf. Auf dem Weg zurück sah ich hinter ein paar Fenstern am Hauptplatz den Christbaum brennen, aber in mir war jede Feststimmung ausgelöscht. Und wir haben an diesem Abend nicht einmal die Kerzen am Baum entzündet...

26. Dezember. Ich habe auch die vergangene Nacht sehr schlecht geschlafen. Immer sehe ich den toten Moritz vor mir. Und ich frage mich: Wer hat ihn umgebracht? Und: Warum? Eigenartig ist, daß wir, obwohl wir sofort nachdem der Schuß gefallen war, ins Freie stürmten, niemanden entdeckt haben. Der, der ihn abgegeben hat, muß also irgendwo verschwunden sein, sich versteckt haben. Im Stadel vielleicht. Oder in einem der Erdäpfelkeller, gleich vis-à-vis?

Mit einer Fahrzeug kann er nicht gekommen sein. Ein Auto oder Moped hätten wir gehört. Auch Reifenspuren waren keine zu entdekken. Also hat sich der Unhold zu Fuß herangepirscht. Und aus purer Lust am Töten, am Zerstören, am Wehtun, losgeballert.

27. Dezember. Obwohl ich nach wie vor über Moritz' Tod geschockt bin, war's doch gut, daß gestern Franz und Hilde zu Besuch kamen. Am besten, sagte ich zu Hans, wir verlieren kein Wort über die Sache. Sonst wollen die alles ganz genau wissen, und wir regen uns gleich wieder auf! So haben wir uns also zusammengenommen und so getan, als hätten wir fröhliche Weihnachten verbracht. Hans überwand sich sogar so weit, daß er ein paar lustige Geschichterln aus seiner Militärzeit in Oberbayern zum besten gab. Die zwei haben sich gekugelt. Ich aber bin von Zeit zu Zeit in die Küche gegangen und habe mich dort ausgeheult ...

31. Dezember. Heute ist Silvester. Ich bin gleich am Morgen in den Garten gegangen, dorthin, wo Hans unserem kleinen Moritz ein Graberl geschaufelt hat. Über Nacht ist es kalt geworden und auf dem Hügel liegt, wie Kandiszucker, geharschter Schnee.

Hans kam mir nach und sagte: »Wenn du willst, schnitz ich ihm ein kleines Monument. Ich hab einen dicken Eichenast gefunden!«

2. Jänner 1974. Ich denke jetzt viel an Mimi. Monate sind es her, seit sie verschwunden ist. Wahrscheinlich lebt sie nicht mehr. Wer weiß, vielleicht ist sie demselben Bösewicht über den Weg gelaufen, der Moritz erschossen hat. Vorgestern las ich in der Zeitung, daß in Niederösterreich Katzen abgeknallt werden, weil man ihr Fell für »medizinische Zwecke« gut verkaufen kann. Bei dem Gedanken, daß auch die beiden anderen, uns noch verbliebenen, Opfer solcher Habgier werden könnten, wird mir ganz schlecht. Am liebsten möchte ich Maxi und Mentschi anbinden. Aber das ließen sie sich ja nicht gefallen. Wo doch Katzen ihre Freiheit so sehr lieben ...

Tagelang sind wir in diesen Wintermonaten über die Felder gegangen, haben in jeden offenen Stadel geschaut und vor jeder verschlossenen Tür »Mimi« gerufen. Wir setzten auf sie sogar einen Kopfpreis aus. Sagten ein paar

Kindern im Dorf: »Wenn ihr Mimi findet, bekommt ihr 100 Schilling!« Sie fragten dann immer, wie alt sie denn sei und wie sie aussehe. Und ich wiederholte ihre »Personsbeschreibung« so oft, daß ich bereits in der Nacht davon zu träumen begann. Sinnigerweise im Stil von Wildwestfilmen. Da hing dann an der Bretterwand des Albrecht-Stadels ihr Konterfei. Nur der Kopf natürlich! Die hellgraue Stirn mit den drei charakteristischen schwarzen Senkrechtstreifen zwischen den fürwitzig aufgestellten Ohren, die blendend weiße Partie darunter mit den schwarzumrandeten Nofretete-Augen, das rosafarbene Näschen über den dichten, weißen Barthaaren. Darunter stand, wie sich's gehört, »Wanted« und ihr Name »Mimi« in Balkenlettern.
Dieser mehrmals wiederkehrende Traum erregte, als ich ihn eines Morgens, beim Frühstück, zum Besten gab, die Heiterkeit meines Mannes: »So was, jetzt gehen dir nicht einmal mehr im Schlaf die Katzen aus dem Kopf. Wie wird das noch enden?«
Als ich kleinlaut sagte: »Sie war halt so ein liebes Tier. So anschmiegsam und gescheit!«,

gab er mir recht, meinte aber: »Sie ist eine Strawanzerin, sie wird schon wiederkommen!«
In jenen Monaten war Mentschi, der Zugelaufene, ein höchst possierlicher Ersatz für sie. Er hatte ein ausgeprägtes Zärtlichkeitsbedürfnis. Wann immer man ihn anredete, kam er sofort heran, rieb seine schwarze Nase an Fuß oder Hand und schnurrte so laut, als hätte er zwischen Nase und Mäulchen ein Uhrwerk eingebaut.
Unter dem *10. Februar 1974* steht in meinem Katzentagebuch eine Eintragung, die beweist, daß er damals unser Anhänglichster und Treuester war.

– Draußen ist es klirrend kalt. Auf den Fensterscheiben sind über Nacht Eisblumen gewachsen. Man sieht nicht mehr in den Garten hinaus, lese ich.
Mentschi wollte gegen sechs Uhr über die Katzentreppe gehen, aber sie war eine einzige, glitschige Eisfläche, und er traute sich nicht hinunter. Laut miauend schlüpfte er durch den offengehaltenen Fensterspalt zurück, und ich wußte gleich, was er wollte. Seufzend

stand ich auf, ging in die Halle und öffnete die Terrassentür. Ich war darauf gefaßt, wie immer, zehn, fünfzehn Minuten bis zu seiner Rückkehr warten zu müssen. Denn bis er in dem verharschten Schnee seine Grube gegraben hat, dauert das so lange. Und ohne Grube geht's ja bei Katzen nicht. Aber das Thermometer zeigte vierzehn Grad minus – und das empfand der kältescheue Mentschi als unzumutbar. Zu meiner großen Überraschung machte er nicht den geringsten Versuch, das Corpus delicti zu vergraben. Mit einem Sprung rettete er sich in die Wärme zurück, eilte zu seinem Milchschälchen und schlief nach diesem ersten Frühstück auf dem Korb, gleich neben dem Heizungsradiator, ein.

24. März. Maxi ist wieder einmal Mutter geworden. Ich glaube, Mentschi war daran mitbeteiligt. Denn alle Jungen haben seine graue Farbe. Ein Kater ist darunter, der mir besonders gut gefällt. Er schaut mit seinen weißen Füßen aus, als hätte er Stiefel an. Wir nennen ihn der Einfachheit halber wieder Moritz …

23. April. Gestern abend hatte Moritz ein aufregendes Erlebnis. Als er auf der Terrasse seine Nase ins Milchschälchen stecken wollte, stieß er auf unseren Hausigel. Der stellte sofort alle Stacheln auf. Moritz, völlig unerfahren im Umgang mit anderen Tieren, tappte zunächst mit seiner rechten Pfote nach dessen Kopf, bekam so was wie einen elektrischen Schlag, trieb jedoch seine Neugier weiter und kam ihm mit der Nase zu nahe. Der Igel machte eine rasche Kehrtwendung, stieß den kleinen Kater um und setzte ihm sein Hinterteil mitten ins Gesicht. Moritz war einen Augenblick lang wie gelähmt. Dann begann er kläglich zu schreien. Ich lief zu ihm, der Igel witterte Gefahr, verzog sich hastig hinter die Blumenkiste, und ich stellte Moritz auf das Stokkerl neben der Tür.

Er zitterte am ganzen Leib. Aus seinem zerschundenen Näschen tropfte Blut, auch ein paar Barthaare waren geknickt, und das rechte Ohr hing wie ein Lappen herunter. Ich untersuchte es, konnte aber zunächst nichts Auffälliges entdecken. Erst als Maxi daran zu lecken begann, sah ich, daß es an der Stelle, wo es mit der Stirn einen rechten Winkel bildet, aufgeritzt war und blutete.

2. Mai. Gestern morgen sagte Hans zu mir: »Wir haben noch gar nicht auf der Schirmböck-Tenne nachgeschaut. Es wäre möglich, daß Mimi dort steckt. Mir läßt das keine Ruhe, ich muß hinüber!« Wir wollten unsere Nachbarn um eine lange Leiter bitten, denn der Dachboden, auf dem wir Mimi vermuteten, ist sehr hoch. Aber niemand machte auf. Auf gut Glück gingen wir zu dem großen Tor, fanden es offen, traten in den fensterlosen Raum ein und riefen: »Mimi!«

Zunächst rührte sich nichts. Dann glaubte ich von irgendwo aus der Höhe leises Miauen zu hören. Die Leiter lehnte in einer Ecke. Hans holte sie, ich öffnete weit die Tür.

Da erblickten wir Mimis Kopf.

»Um Gottes willen, wie lange ist denn die Arme schon dort oben?« rief ich.

Hans sagte knapp: »Mich würde viel mehr interessieren, wie sie dort hinaufgekommen ist. Von selber kaum. Denn sie wird ja wohl nicht die Leiter hinaufgesprungen sein!«

Langsam erklomm Hans Sprosse für Sprosse. Als er fast oben war und nach der Katze greifen wollte, schreckte sie zurück und verkroch sich. Sie war scheu geworden in dieser langen Gefangenschaft. Es hat dann etwa eine Viertelstunde gedauert, bis sie sich fangen ließ. Als sie endlich in Hans' Armen lag, wehrte sie sich nicht mehr, legte ihr Köpfchen auf seine Schulter und schnurrte leise.

8. Mai. Mir geht es immer noch nicht ein, wie Mimi auf die Schirmböck-Tenne gekommen ist. Und ich will mir gar nicht ausmalen, was sie gelitten hat, wenn sie dort die ganze Zeit, seit dem September des Vorjahres, hat zubringen müssen. Falls das tatsächlich der Fall war, muß ihr jemand was zu trinken gebracht haben. Sonst wäre sie verdurstet. Ansonsten hatte sie Mäuse. Die gibt's dort oben in rauhen Mengen. Katzen sind ja billige und nützliche Mäusefänger ...
Meine Verbitterung kann ich nur schwer unterdrücken. Auch Hans ist nachdenklich. Nur spricht er nicht darüber. Heute nacht, als ich wieder davon anfing, fuhr er mich barsch an:

»Hör endlich auf! Die Katz kann nicht reden, und wir können nichts beweisen. Also ist es das Beste, die Sache zu vergessen!«
Ich schlief lange nicht ein und dachte: Er hat ja recht. Man muß sich mit vielem, was um einen so geschieht, abfinden. Selbst wenn's einem manchmal arg gegen den Strich geht...

20. Juni. Mimi hat heute eine Fehlgeburt gehabt. Drei tote Junge brachte sie in der orangefarbenen Truhe zur Welt. Das Problem ist jetzt: Wie wird sie ihre Milch los? Sie hat ganz rote, entzündete Zitzen. Wenn ich ihr aufs Baucherl greife, ist es heiß wie eine glühende Herdplatte.
Ich habe meine Freundin Traute Stöckel in Wien angerufen. Die weiß immer Rat. Sie meinte: »Versuch's doch einmal mit essigsaurer Tonerde! Solche Umschläge helfen bestimmt, weil sie die Hitze nehmen!«
Glücklicherweise fanden sich in unserer Hausapotheke zwei Tabletten, die ich im Wasser auflöste. Dann holte ich Mimi mitsamt ihrer Decke aus der Truhe, legte sie auf den Tisch und spielte Samariter.

»Bitt dich gar schön, was machen denn die Katzen draußen in der Natur?« meinte Hans, als er mich so werken sah.
»Das weiß ich nicht, darüber denk ich auch gar nicht nach!« erwiderte ich. »Aber die Mimi hat schon genug mitgemacht. Wenn ich ihr helfen kann, tu ich's!«
Zwei Stunden lang wechselte ich die Umschläge. Mimi ließ es sich laut schnurrend gefallen. Sie drehte sich auf den Rücken, streckte alle viere von sich und schaute mich unverwandt an. Während ich ihr mit der Rechten die kühle Kompresse an den Leib hielt, streichelte die Linke ganz sanft ihr Kinn. Dann schmiegte sie ihr Gesicht in meine hohle Hand und begann mit ihrer rauhen Zunge meine Finger zu lecken. –

Den Nachmittag werde ich nie vergessen! Ein Jugendfreund meines Mannes kam mit seiner (dritten) sehr jungen Frau zu uns auf Besuch. Und diese, kaum hatte sie einen Schritt in die Halle getan, war wie der Blitz unter unserem Jogeltisch.

Nun habe ich seit jeher für ungewöhnliche und überraschende Begebenheiten ein großes Faible. Ich genieße sie schweigend, kann aber nicht immer meine Miene in Zaum halten. Hans kann das. Er stand neben mir, schaute mich an, zwinkerte kurz und sagte dann mit etwas erhobener Stimme, damit man es im ganzen Haus, also auch unter dem Tisch hören konnte: »Da unten is nix als die Brotlad!«

Was würde nun geschehen, beziehungsweise was war geschehen?

Man muß sich die Situation nur einmal vorstellen. Da kommt ein nettes Ehepaar zur Tür herein, man sagt: »Bitte legt doch ab, wartet, ich hol gleich einen Kleiderbügel!« und: »Heute ist es leider zum Draußensitzen zu kalt. Ende August, und es stürmt wie im November!«, und dann hört man – und es klingt wie Sphärenklänge – »Habts es ihr aber gemütlich, jessas, überall die schönen Schnitzereien, und lauter Heilige, seids ihr so bigott?« Und: »Bis man zu euch herfindt, ist das ja eine halbe Tagreis, aber recht habts, so versteckt wohnt net bald einer!« Und: »Wenn man von unten heraufschaut, wirkt das Häusl so klein, ja direkt unscheinbar, da hauts einen ja um, wenn man dann hereinkommt und sieht die Halle und ...« Ja, und dann hält die junge Frau plötzlich in ihrer Suada inne, macht einen Sprung und – ist unter dem Tisch!

Mir hat es damals – und das kommt bei mir erfahrungsgemäß selten vor – die Rede verschlagen. Doch Hans verlor die Sprache nicht. Als sein mehrmals lockend ausgestoßenes »Hallo, was is denn? Was habn mer denn?« seitens der so Angesprochenen keine wie immer gearteten Reaktionen zeigte, sagte er lachend zu seinem Freund: »Macht sie das öfter?«

Dieser, für Augenblicke zur Salzsäule erstarrt, fand gerade noch die Kraft, den Satz: »Die Melli ist auf Katzen allergisch!« hervorzustoßen, dann sank er, wie vernichtet, in einen Fauteuil.

»Ach Gott, wenn wir das gewußt hätten!« Ich war ehrlich erschrocken und beeilte mich, in den nächsten Minuten der aus ihrem Nachmittagsschlaf gescheuchten Maxi, des auf der Fensterbank ausgestreckt liegenden, friedlich vor sich hingähnenden Moritz' und Mentschis habhaft zu werden, der bis zu jenem Moment, da sich unser Gast überraschend unter dem Tisch verkroch, auf dem Teppich geruht hatte. Nun stand er mit gesträubtem Fell und angstvoll zurückgelegten Ohren unmittelbar neben Melli und tat durch lautes Knurren kund, daß er verärgert war.

Bis wir unsere drei Katzen dem Gesichtskreis der lautlos unter der Tischplatte Kauernden entrückt hatten, verging einige Zeit. Denn weder Maxi noch Mentschi wollten in den Sturm hinaus, es gab aber für uns keine andere Wahl. Nur der kleine Moritz durfte im Haus bleiben. Ich setzte ihn, mitsamt seinem Schlafkorb, im

Klo ab, drehte das Licht an, machte die Tür zu und atmete auf. Einem harmonischen Nachmittag stand nun, so glaubte ich, nichts mehr im Weg. Aber das war ein Irrtum.
Denn statt über die Angelegenheit einfach nicht mehr zu reden – schließlich weiß ja jeder, daß eine Allergie eine Krankheit ist, für die der davon Befallene nichts kann –, begann nun unser lieber Freund Viktor im Verein mit seiner Melli über Katzen herzuziehen.
Es begann damit, daß sie sagte: »Also, wenn ich gewußt hätte, daß da Katzen sind, wär ich z'Haus geblieben!«
Dann meinte ihr Mann: »Hab ich das wissen können? Der Hans hat, soweit ich mich an unsere Schulzeit erinnere, immer nur Hunde und Meerschweinderln und Hamster gehabt. Einmal, glaub ich, sogar eine Ziege. Aber Katzen?«
»Daran bin ich schuld!« sagte ich kleinlaut und goß den Kaffee ein.
»Na, das müßt einem aber eigentlich gesagt werden!« preßte Melli, wild in der Tasse rührend, zwischen den Zähnen hervor.
Das war nun ein direkter und – wie jeder zuge-

ben muß – ungerechter Angriff. Denn kann man von einem, der Gäste einlädt, verlangen, daß er sich so aus blitzblauem Himmel, offensichtlich grund- und zusammenhanglos als Katzenbesitzer deklariert? Aber ich schluckte meinen Ärger wacker hinunter. Und Hans, immer drauf aus, vermittelnd einzugreifen, wenn mir der Kamm schwillt, sagte: »Na ja, die Katzen sind jetzt eh schon weg, reden wir von etwas anderem!«

Aber da kam er bei der Dame schlecht an. »Wissen Sie, ich kann mir nicht helfen, mir wird schon schlecht, wenn einer nur das Wort Katz in den Mund nimmt. Und jetzt gleich drei dieser Trümmer auf einem Fleck ...!«

»Na«, gab ich zur Antwort, und jetzt war ein gewisser Groll meinerseits nicht mehr zu unterdrücken, »von Trümmern kann man bei unseren Katz ... pardon: bei diesen Tieren doch wohl nicht reden. Aber, ich glaub, es wäre wirklich besser, von etwas anderem ...« zu reden, wollte ich sagen, doch da hatte sich Melli bereits erhoben, wandte den Kopf in Richtung Klotür und sagte aufgebracht: »Was sind denn das für Geräusche!«

Ich sah in die starren Pupillen, in dieses ungewöhnlich blasse Gesicht, auf dessen Stirn Schweißperlen standen, ich merkte am Zittern ihrer Hände, daß diese Frau in einem emotionellen Ausnahmezustand war, und erklärte beschwichtigend: »Das ist gar nichts, beruhigen Sie sich!« Denn wie hätte ich ihr sagen sollen, daß das »Geräusch« vom kleinen Moritz kam, der aus Protest gegen seine unfreiwillige Gefangenschaft mit allen ihm zu Gebote stehenden Krallen an der Tür scharrte?
Was sollte ich jetzt tun? In unserem Haus gibt es außer der Klo-, der Badezimmer- und der Küchentür keine anderen Türen. Ein Raum fügt sich in den anderen. Recht harmonisch, wie ich glaube.
Aber hinterher, an diesem Nachmittag, hat mir Hans Vorwürfe gemacht. »Ich hab's ja immer gesagt, man hätte ein paar Mauern mitsamt den Türen stehen lassen sollen«, meinte er. Und fügte listig hinzu: »Was glaubst du, wie schön das gewesen wär, wenn wir dann statt der Katz, die Melli dort hätten einsperren können!«
Dieser Besuch ist, wie kein anderer vorher

und kein anderer nachher, total in die Binsen gegangen. Denn Viktors Frau litt es nicht länger am Kaffeetisch. Sie stürmte zur Klotür, riß sie auf, der Kater, glücklich, wieder Tageslicht zu sehen, sprang heraus und rannte in einem Karree zu uns in die Halle. »Das halt ich nicht aus!« rief Melli, verdrehte die Augen und sank ohnmächtig auf dem Läufer nieder.

Jetzt bekamen wir's mit der Angst zu tun. Ich hatte bereits den Telephonhörer in der Hand, um den Dr. Sobetzky in Göllersdorf zu alarmieren, als Hans, der allzeit Übermütige, mir zuraunte: »Warum denn den Sobetzky, da is doch viel eher a Tierarzt zuständig!«

»Geh, hör doch auf mit deinen Spaßetteln, die Lage ist ernst!« konnte ich gerade noch zwischen den Zähnen hervorstoßen, da packte Viktor, bereits in Hut und Mantel, die wie entseelt daliegende Melli brutal unter den Achseln, schüttelte sie wie einen Zwetschgenbaum zur Zeit herbstlicher Reife und schrie: »Also jetzt hör endlich auf mit diesen Faxen! Soweit brauchst es nicht treiben, mit deinem blöden Haß!« und zu Hans sagte er: »Die Wahrheit ist: Sie hat eine furchtbare Abnei-

gung gegen diese Viecher. Ich weiß net, warum ...«
»Ich weiß es schon, die ist ein Fall für den Freud!« erwiderte Hans und machte die Haustür auf. Draußen raunte er seinem Schulfreund noch zu: »Komm halt ein anderesmal! Allein. Denn wegen deiner Frau werden wir unsere Katzen nicht vertilgen!«
Das war deutlich, vielleicht allzu deutlich. Aber, ehrlich gesagt, ich war froh, daß er's gesagt hatte. Ohne Gruß, tiefbeleidigt, eilte dann die Dame, ihren sich vor Scham geradezu sichtbar windenden Gatten im Schlepptau, die Steinstufen hinunter zum Auto. Ich aber lese in meinem Tagebuch unter dem *24. August 1974:*

– Gestern war Viktor mit seiner Frau hier. Dauer ihres Aufenthalts sage und schreibe siebenunddreißig Minuten. Meli reagiert auf Katzen. Allerdings nicht allergisch, sondern hysterisch. Von jetzt an werden wir jeden, wenn er sich bei uns zu Besuch anmeldet, vorsorglich warnen: »Achtung, Katzen im Haus! Streicheln erlaubt, schreien verboten ...! –

Die Jagdzeit macht mir immer wieder schwer zu schaffen. Hinterm Haus kracht's dann in einer Tour, und die Katzen legen ängstlich ihre Ohren zurück und lauschen nach draußen. Ich möchte sie am liebsten anbinden, denn trotz der Ballerei, oder vielleicht gerade deswegen, sind sie im Haus kaum zu halten.

Maxi erwies sich schon als junge Katze – und die war sie ja 1974 noch – als die gesetzteste von allen. Wenn ich ihr auf ihren Lieblingsplatz, unter der Lampe meines Schreibtisches, die Zeitung aufbreitete – Katzen liegen gern auf Papier! – und ihr ins Ohr raunte: »Bleib schön da, draußen ist's heute nicht geheuer!« streckte sie sich nach anfänglichem zarten Widerstand aus und blieb dort den ganzen Tag liegen.

Mentschi allerdings war nie zu halten. Zunächst kratzte er an der Terrassentür und

sprang immer wieder die Glasscheiben hoch. Schließlich begann er durchdringend zu miauen.
»Der hat Töne! So was! Wie eine Fabrikssirene!« sagte Hans und machte Anstalten, die Tür zu öffnen.
»Laß ihn nicht hinaus!« rief ich ängstlich.
»Soll er uns wieder ins Zimmer sch ...?«
Auf diese logische Frage wußte ich keine Antwort. Noch stand ja Mentschis erster Winter in unserem Haus, mit allem Drum und Dran um seine Endverdauung, wie ein schreckliches Mentekel in unserer Erinnerung. Also ließen wir ihn laufen.
Mit einem Satz war er im Garten und schlug stets dieselbe Richtung ein. Dieser Weg führt schnurgerade hinauf zu den Feldern, wo die Treiber lauerten und das große Ballern und Hasenschießen im Gange war. Mir blieb der Atem weg, als ich Mentschi zum erstenmal so mitten hinein in sein mögliches Unglück rennen sah. Hans tröstete mich: »Der kennt instinktiv die Gefahr. Der weiß schon, was er macht!«
Für mich begann an solchen Tagen immer das

große Warten. Kommt er, kommt er nicht? Manchmal dauerte das bis in die Nacht hinein. Endlich hörte ich ihn auf der Katzentreppe poltern. Und Sekunden später sprang er mit einem ganz merkwürdig hohen »Mi« zum Fenster herein.

Es wurde schnell Winter in diesem Jahr. Ende November begann es zu schneien und hörte bis Februar nicht mehr auf. Unter dem *23. Dezember* steht in meinem Katzentagebuch:

– Moritz hat mich heute am Christbaumputzen gehindert. Immer wieder haschte er nach den vergoldeten Nüssen und den roten und grünen Glaskugeln. Er sah dabei so drollig aus, daß ich vor lauter Lachen nicht dazukam, alles anzubinden. Was sich bewegt, wird von ihm verfolgt.

Als ich ganz oben den Stern befestigen wollte, stieß er sich vom Holzkreuz ab und sprang aus dem Stand fast eineinhalb Meter hoch. Über meine Bewunderung, daß dieser kleine Kater eine so großartige turnerische Leistung vollbringen kann, vergaß ich ganz, mich über ihn zu ärgern. Seinem Ansturm war nämlich das

zarte Bäumchen nicht gewachsen. Es fiel um, die Kugeln und Nüsse und Äpfel rollten unter Tische und Sesseln, und als plötzlich alles in Bewegung war, konnten auch Maxi und Mentschi nicht mehr widerstehen. Sie schossen wie die Blitze in der Halle herum.
Erst nach einer halben Stunde wurde es ruhig im Haus. Maxi hatte sich mit einem Stück Lametta in die Ecke neben dem Kamin zurückgezogen und ließ sich das glänzende Zeug nur ungern entwinden. Mentschi kiefelte an einer Locke Engelshaar und nieste ununterbrochen, weil ihm die feinen, silbrigen Fasern in den Nasenlöchern kitzelten, und Moritz hockte unter dem Tisch und biß immer wieder in das kleine rotbemalte, hölzerne Steckenpferd, das mir meine Freundin Gecksi ein paar Tage vorher geschenkt hatte. Nach dieser ganz und gar mißglückten Baumschmückung beschloß ich, die Tanne »à la nature« zu lassen und nur Kerzen anzustecken.
»Bei diesen Katzen bleiben die Sachen eh nicht oben!« meine Hans und packte das, was von der Pracht unversehrt übriggeblieben war, wieder in die Schachtel.

24. Dezember, Mitternacht. Ich muß noch schnell berichten, was vor vier Stunden geschehen ist. Hans hatte gerade die Platte »Stille Nacht« aufgelegt, da bekam plötzlich auf einem der unteren Äste eine Kerze Schlagseite. Wir bemerkten es natürlich viel später als der kleine Moritz, der mit lustvoll steil gestellten Ohren und auf ganz niedrigen Beinen heranschlich, um abwechselnd mit der linken und der rechten Pfote nach den heißen Wachstropfen zu haschen. Dabei kam er der daneben hängenden Wunderkerze zu nah und versengte sich die rechten Barthaare.
»Na, der schaut schön aus!« sagte Hans und nahm ihn auf den Arm.
Moritz bietet jetzt mit seinem einseitigen Bart ein Bild zum Erbarmen.
»Hoffentlich schadet ihm das nicht!« meinte ich. »Denn ich habe irgendwo gelesen, daß der Bart als eine Art Radar funktioniert und für die Fortbewegung des Tieres unerläßlich ist.«
»Ich bitt dich gar schön, er wird's überleben. Im übrigen ist ihm ja noch ein Fühler geblieben!« gab Hans zu bedenken.

Wir setzten uns dann zum Essen nieder. Es gab, wie immer am Heiligen Abend, Karpfen. Die Katzen hatten sich, vom Fischgeruch angelockt, nebeneinander auf der Sitzbank versammelt. Ich brachte es nicht fertig, sie bis zum Ende unserer Mahlzeit warten zu lassen. Da seufzte Hans: »Z'erst die Katzen, dann der Mann. Zustände sind das!« …

7. Jänner. Heute früh, ich wollte gerade nach Wien fahren, mache ich die Haustür auf und bleibe wie angewurzelt stehen: Vor mir, etwa zwei Meter neben der Eberesche, picken zwei Fasane heftig nach den Sonnenblumenkernen, die vom Vogelhaus, das Hans in Dachhöhe montiert hat, heruntergefallen sind. Natürlich haben sie mich gehört und lugen ängstlich zu mir. Ich rühre mich nicht und entdecke, daß das eine Tier nur auf einem Bein steht und – vom anderen gefüttert wird! Ich glaub, ich träume, schleiche ins Haus zurück, hol mir eine Fernbrille, deute meinem Mann, sich neben mich zu stellen.
»Der Arme ist angeschossen, schau, sein zweiter Fuß baumelt unter den Bauchfedern!«

raunt er mir zu und sagt dann noch leiser: »Unglaublich, der andere füttert ihn!«

»Mein Gott«, sage ich, »so was müßte man photographieren. Schad, daß ich die Kamera in Wien hab!«

»Unwichtig!« flüstert mein Mann. »Solche Bilder muß man mit eigenen Augen sehen und im Gedächtnis behalten. Nur die Deppen knipsen ununterbrochen drauflos!«

Natürlich haben die Katzen im Haus gleich Wind gekriegt, daß hier draußen was los ist. Während aber Maxi in ihrem Korb nur flüchtig den Kopf hebt und gleich wieder ihre Nase unter den Schweif steckt, um weiter zu schlafen, kommt Moritz, neugierig, wie junge Katzen nun einmal sind, prompt dahergehoppelt. Bevor ich ihn packen kann, steht er schon vor den beiden Fasanen.

Was dann geschah, klingt wie ein Märchen. Oder – in meinem Fall – wie eine journalistische Übertreibung. Aber ich schwöre alle Eide, daß sich alles wirklich so und nicht anders abgespielt hat. Der verletzte Fasan sträubt angesichts des kleinen Katers die Federn, der gesunde geht sogleich auf ihn los.

Allerdings wird er, da Moritz noch auf Distanz ist, nicht gerade tätlich. Er hackt nur mit seinem Schnabel Löcher in die Luft, als wollte er sagen: »Einen Schritt näher und du hast Augen gehabt!«
Aber was will man? Moritz, der personifizierte Unverstand, hat offenbar noch keinen Instinkt, wie groß die Gefahr ist. »Moritz«, rufe ich leise. »Moritz!« Und weiß natürlich, daß das ganz umsonst ist. Katzen sind ja keine Hunde. Sie gehen weder aufs Pfeifen, noch aufs Rufen. Man könnte mit Engelszungen reden. Wenn ihnen nicht der Sinn danach steht, rühren sie nicht einmal ein Ohrwaschel.
Moritz' Haltung in den folgenden Minuten, sein gesträubtes Fell, die tief angewinkelten Vorderbeine, das zum Abstoßen bereite Hintergestell und seine ausschließlich auf die wippenden Schwanzfedern des hastig fressenden kranken Fasans ausgerichteten Augen sprechen eine deutliche Sprache. Erkühnt er sich vielleicht gar anzugreifen?
Wollen wir die beiden Vögel nicht verscheuchen, müssen wir abwarten, was geschieht. Und es geschieht etwas!

Plötzlich, Moritz ist Zentimeter um Zentimeter nähergerückt, tut der gesunde Fasan einen Luftsprung und hackt den kleinen Kater in den Schweif. Jetzt hat Moritz endlich den Ernst der Situation erkannt. Mit gesträubtem Fell jagt er zwischen meinen Füßen hindurch ins Haus zurück.

»Wir müssen dem Holzmüller sagen, daß wir jetzt mehr Vogelfutter brauchen!« meint Hans kommentarlos, nimmt mich beim Arm, drängt mich ins Vorhaus zurück und schließt die Tür: »Solange die beiden auf unserem Grund sind, müssen wir auf die Katzen aufpassen«, sagt er. »Ich werde mit dem Kührer reden. Ein Jäger ist auch ein Heger. Der wird uns schon sagen, was am besten zu tun ist!« –

»Ach Gott, das sind ja gar keine Rassekatzen. Da bin ich aber enttäuscht. Nach allem, was Sie mir erzählt haben, war ich eigentlich darauf gefaßt, hier mindestens ein halbes Dutzend Rauch-Chinchilla- oder Rotperser zu sehen!« sagte die »Dame der Gesellschaft«, die sich in unser bescheidenes Untergruber Domizil verirrt hatte.
»Aber vermehren tun sich unsere genauso wie die anderen!« erwiderte mein Mann trocken. Er hatte unseren Besuch prompt der Kategorie »Funse« zugeordnet und ließ an diesem Nachmittag in Richtung unserer Edelkatzen-Liebhaberin noch ein paar weitere Bemerkungen der gleichen Güteklasse vom Stapel.
Ich habe diese Besucherin deshalb so gut in Erinnerung, weil ich mir ihren Namen und ein paar ihrer Aussprüche im Katzentagebuch notiert habe. Unter dem *12. Jänner 1975* steht da zu lesen:

– Heute war Frau Dora Bunse bei uns. Sie besitzt einen kurzatmigen, vier Kilo schweren Siamkater, der seine Tage in ihrer Wiener Luxuswohnung zwischen Leberbrei, Kaffeeoberstorte und einem mit weinroter Seide ausgeschlagenem Katzenhaus verbringen muß. Sie rümpfte die Nase, als sie sah, daß Maxi und Mimi in einem ganz ordinären Persil-Karton schliefen und Moritz sich's auf einem Pack Zeitungen gemütlich gemacht hatte. Auch konnte sie es nicht verstehen, daß wir alle unsere Katzen in den Garten lassen, ohne sie in ein »Geschirr« zu spannen.

»Na ja«, meinte sie schließlich, als ich sie über das freie Leben von Maxi, Mimi, Mentschi und Moritz detailliert aufgeklärt hatte, »das sind eben ordinäre Katzen, die Mäuse fangen. Mein Kater ist von edler Rasse. Einen Stammbaum hat er wie die Habsburger. Und voriges Jahr in London bei der Rassekatzen-Schönheitskonkurrenz errang er das silberne Band!«

Ich suchte danach das Thema zu wechseln, doch es gelang nicht ganz. Als aber unser Gast zu guter Letzt noch bekanntgab, daß der lang-

haarige Liebling daheim nur bei Vivaldi-Musik frißt, pardon, seine Edelnahrung zu sich nimmt, war für meinen Mann endgültig Feierabend.
»Bitt dich, schau, daß wir diese Ziege bald loswerden!«, raunte er mir in der Küche zu. »Sonst kann ich mich nicht halten und muß ihr sagen, was ich von ihr denke!« –

Tierliebe im allgemeinen und Katzenliebe im besonderen gehen oft seltsame Wege. Ich meine natürlich jene Liebe, die der Mensch seinem vierbeinigen Freund entgegenbringt. Unlängst hatte ich eine alte Dame zu interviewen, die sich in ihrer sehr gepflegten, wenn auch ziemlich kleinen Wohnung zwei Riesenkater hält. Die armen Tiere müssen aus lauter Liebe ein wahres Martyrium über sich ergehen lassen. Dreimal täglich werden sie »gesprayt«. Damit sie – so die »Katzenmutter« – nicht irgendwelchen Milben oder anderem Kleingetier anheimfallen. Morgens und abends bleibt ihnen nichts anderes übrig, als sich der Tortur einer jeweils zwanzig Minuten dauernden »Bürstung« zu unterziehen. »Hun-

dertmal gegen den Strich und dann kämmen!« lautet das im wahrsten Sinn des Wortes haarsträubende Kosmetikkonzept der katzennärrischen Greisin. Als ich wissen wollte, wozu hundertmalige Fellmißhandlung, noch dazu mit einer Nylonbürste (!) gut sein sollte, gab sie mir eine kabarettreife Antwort: »Schaun S', die Kaiserin Elisabeth hat ihr schönes langes Haar jeden Abend so gepflegt, und was für die gut war, kann doch meinem Jimmy und Jonny net schaden ...«
Mit der harmlosesten Form von Vorurteil gegenüber Katzen hat mich meine Freundin Evelyn kürzlich konfrontiert. »Weißt, ich mag Katzen ja gern, aber mir wären sie halt viel lieber, wenn sie nur Mäuse und nicht auch Vogerln fressen würden!«
»Die Mäuse wären da aber nicht deiner Meinung!« gab ich ihr zur Antwort. Wir diskutierten längere Zeit über diese Art menschlicher Logik und gewisser Tabus im Verhältnis Mensch – Tier. »In Indien würde es selbst einem vom Hungertod bedrohten Hindu nicht einfallen, ein Stück Rindfleisch zu essen, denn dort sind die Kühe heilig«, sagte ich.

»In China hat man uns bei einem offiziellen Bankett im Pekinger ›Haus des Volkes‹ marinierte Hundepfoten serviert und mir später erzählt, daß in der renommierten chinesischen Küche Katzenfleisch auf mindestens vierzig Arten zubereitet wird. Und zwar so, daß man glaubt, es wären Trüffeln oder Morcheln. Auf alle Fälle herrlich!«, begeisterte sich ein dort seit Jahrzehnten lebender Alt-Österreicher.
Mir wurde schon beim Gedanken, so etwas vorgesetzt zu bekommen, übel. »Daraus ersiehst du, was Angewohnheiten und Vorurteile ausmachen!«, sagte ich.
Mit guten und schlechten Vorurteilen sind die Katzen schon in grauer Vorzeit konfrontiert worden. Wer je in orientalischen Ländern unterwegs war, wird kaum behaupten können, daß es dort den Tieren sonderlich gut geht. Kamele und Esel werden geschunden, daß es ein Graus ist. Den edlen Araberhengsten und -stuten treibt man ohne Wimpernzucken dolchähnlich zugespitzte, mitunter sogar mit kleinen Zahnrädern ausgestattete Sporen in die Flanken, und die bis aufs Skelett abgemagerten Hunde werden ausschließlich mit Fuß-

tritten verjagt. Nur die Katzen läßt man verhältnismäßig ungeschoren. Etwas von der Anbetung, die man ihnen unter den Pharaonen im alten Ägypten entgegenbrachte, ist erhalten geblieben. Man jagt sie nicht und tritt sie nicht. Und selbst der ärmste Fellache stellt ihnen nachts ein Schälchen Milch vor die Tür seiner Lehmhütte. Wer Katzen etwas Gutes tut, den hat Allah gern, heißt es im Volksmund.

Bei den Alten wurden sie als Göttinnen verehrt. Als kleine Dämonen, die sich streicheln und liebhaben lassen und nicht, wie ihre, in den Tempeln gehaltenen größeren Brüder, die Löwen, die so manche Zärtlichkeit mit einem Prankenhieb vergalten.

Habe ich eigentlich schon einmal erwähnt, daß Mimi Augen wie die Nofretete hatte? Sie standen etwas schräg, waren nicht wie bei Maxi, Mentschi und Moritz rund, sondern halbkreisförmig geschwungen und schwarz umrahmt, als wären sie von ihrem Schöpfer mit einem Kohlestift geschminkt worden. Ich entsinne mich an die Dämmerstunde, als ich von einem ausgiebigen Nachmittagsschlaf erwachte und plötzlich Mimis Blicke auf mir fühlte. Ja fühlte! Sie hatte sich mir, wie es ihre Gewohnheit war, auf leisen Sohlen genähert, war aufs Bett gesprungen und hatte sich schließlich auf meine Brust gelegt. Da sie ein Leichtgewicht war, spürte ich sie im Tiefschlaf nicht. Nun sah ich plötzlich ihr schmales Gesicht mit den im Dunkeln phosphoreszierenden Augen dicht über mir. Ich weiß nicht, wie lange sie mich angestarrt hat. Besser gesagt, wie lange ich ihrem Blick standhielt. Etwas Seltsames habe ich dabei empfunden. Denn unter dem *24. Jänner* finde ich in meinem Katzentagebuch folgende Eintragung:

– Die Mimi hat mich heute angeschaut, als würde sie von einem Moment zum anderen zu reden anfangen. Mir lief es direkt kalt über den Rücken.

»Ich kann schon verstehen, daß die alten Ägypter ihre Katzen wie Göttinnen verehrt haben!«, sagte ich zu Hans beim Nachtmahl. »Von der Mimi gehen ganz sicher magische Kräfte aus.«

»Was du nicht sagst!«, erwiderte er und stocherte, ohne mich anzuschauen, mit einem seltsamen Lächeln in seinem Geflügelsalat.

»Nun ja, das ist eine Sache der Empfindung hat hat mit Ratio gar nichts zu tun!«

»Ah, so ...!?«

»Sicher! Ich erinnere mich, daß ich seinerzeit in Luxor, im Privatmuseum der Familie Doss, eine 4000 Jahre alte Katze aus Lapislazuli gesehen habe. Sie hatte Bernsteinaugen wie die Mimi. Unser Gastgeber erzählte uns dazu eine reizende Geschichte. Daß das Wort Katze von Gadiska hergeleitet wird. Und daß in der kleinen, mittelägyptischen Nilstadt Bubastis die Katzen wegen ihrer in der Finsternis leuchtenden Augen und ihres funkensprühenden Fells als Lichtbringerinnen verehrt worden sind.«

»Laß nur so was nicht im Dorf laut werden! Die glauben, du bist übergeschnappt!«, sagte Hans.

»Im übrigen hat deine ›magische‹ Mimi einen ganz gewöhnlichen Hunger.«

18. Februar. Ich bin gestern von einer Reise durch Belgien zurückgekommen. Sechs Tage machte ich ununterbrochen Interviews, und am siebenten habe ich mich geärgert. Wäre ich doch nie nach Ypern zu diesem blödsinnigen Katzenfest gefahren! Es begann damit, daß mir der Hotelportier in Brüssel einen Prospekt überreichte, in dem zu lesen stand:

»Ein typisch belgisches Folklorefest dürfen Sie nicht versäumen! Fahren Sie nach Ypern und erleben Sie, wie der Narr der Stadt süße, kleine Kätzchen vom Wachturm auf die Straße wirft!«

Mir blieb vor Empörung fast das Herz stehen, und ich sagte das dem guten Mann.

Er lachte: »Keine Angst, es handelt sich um Stoffkatzen. Ja, früher einmal, da hat man lebendige in die Menge geschmissen. Soviel ich weiß, sind 1813 die letzten auf diese Weise getötet worden. Dann haben sich ein paar Tierfreunde aufgeregt, und die Sache wurde verboten. Seit 1950 veranstaltet man im Dienst des Fremdenverkehrs wieder das Katzenwerfen. Nur die wenigsten Leute wissen überhaupt, was das Ganze bedeutet ...«

Als die Germanen noch Europa bevölkerten, war Freya, die mit ihrem von einem Katzengespann gezogenen Wägelchen über den Himmel fuhr, eine vielverehrte Göttin, und ihre Katzen genossen ähnliche Ehren. Dann kamen die Missionare, redeten den Leuten ihren alten Glauben aus, brachten ihnen den neuen »allein seligmachenden« und verlangten von ihnen als »Abschwörungsopfer« die Tötung sämtlicher Katzen der Stadt sowie des umliegenden Landes. Ein ganz Schlauer kam auf die Idee, die Sache in ein Fest ausarten zu lassen, und so entstand das »Katzenwerfen von Ypern«. Eine Volksbelustigung, der sich alljährlich im Februar jung und alt hingibt.
Aber muß man soweit zurückschweifen, um mit menschlicher Bosheit, Dummheit und Brutalität konfrontiert zu werden? Nie werde ich jenen Märztag des Jahres 1975 vergessen, als ein in Göllersdorf allgemein geschätzter Professionist auch von uns gerufen wurde, um im Haus eine Reparatur durchzuführen. Wir diskutierten zunächst in der Halle, dann traten wir in den Garten hinaus. Es war für diese Jahreszeit ungewöhnlich warm. Die Sonne

brannte auf die Terrassensteine, und das gefiel unseren Katzen. Sie lagen überall herum, dehnten und streckten sich und hoben von Zeit zu Zeit schnuppernd ihre Nasen, als wollten sie die ziehenden Wolken fragen: »Ist endlich der Frühling da?« Im Katzentagebuch habe ich das, was dann kam, niedergeschrieben. Ich gestehe offen, daß mir noch heute, wenn ich es lese, vor Ekel und Empörung übel wird.

– *9. März.* Wir haben den Barr herbestellt, damit er die längst fällige Reparatur durchführt. Ein netter Mensch, ein guter Arbeiter. Das war bisher unser Eindruck von ihm. Seite heute um 10 ist er für mich nur noch ein widerlicher Rohling. Ein Unhold. Ein Elender, dem ich nichts Gutes wünsche. Wir standen auf der Terrasse, da kam Maxi auf uns zu.
»A schöns Viech, so ane habn mir aaa ghabt!«, sagte er und streifte sie mit einem kurzen Blick.
»Was heißt: ›ghabt‹? Ist ihr was passiert?«, wollte ich wissen.
»So könnt ma's aa sagn!«, erwiderte er und

lachte schief. Sein Mund verzerrte sich geradezu, und in seinen Augen war plötzlich ein Funkeln, wie es jemand hat, der sich an ein lustvolles Erlebnis erinnert.

»Unsere war klaner wia die. Aber aaa so schön g'mustert. Na ja, amoi, an an Sunntag, hob i mei Auto g'woschen und putzt. Und wia i grod mitn Rehhäutl drüberfoah und ollas spiaglblank polier, da springt mir des Gfrast aufm Kühler und macht ma mit ihre Pfoten lauta Toppa drauf. Könnan Sie sie vurstölln, wia i narrisch wurn bin? I hab das blede Viech packt, in an Sack g'steckt und solang umd Erd ghaut, bis sa si nimmer grührt hot! ...«

Ich stand neben ihm, schaute ihn an und hätte ihm am liebsten die Visage zerkratzt. Diese Brutalität, dieses hinterhältige Grinsen hielt ich nicht aus.

Hans rettete die Situation. »Ich glaub«, sagte er, »du hast was auf dem Herd stehen!« Er war sehr blaß geworden, und ich sah ihm an, daß auch er sich nur mühsam beherrschte. –

Ein Tier umbringen, weil es auf ein frisch gewaschenes Auto springt – ich kann's nicht fas-

sen. Und doch: Wieso wundere ich mich eigentlich? Geschehen nicht tagtäglich solche und ähnliche Niederträchtigkeiten?
Wozu fanatisierte Menschen imstande sind, habe ich im Spätherbst 1951 in Ägypten erlebt. Damals wurden die Engländer in der Suezkanalzone mit allen Mitteln bekämpft. Auch mit den schäbigsten, die sich ein Tierfreund nur vorstellen kann.
Ich hatte auf einer Gesellschaft in Kairo den Pressechef des Kriegsministeriums kennengelernt. Als er hörte, daß ich Journalistin bin, lud er mich zu einer Besichtigung der Kanalzone ein. Wir fuhren ein paar Tage später in einem Militärkonvoi nach Port Said. Dort traf ich in der hocheleganten Offiziersmesse den stellvertretenden Verteidigungsminister. Er war ein sympathischer Mann. Ein großer Freund Österreichs. Man würde mir, so sagte er, alles genau erklären und alle meine Fragen beantworten. Man sei sehr daran interessiert, daß man in Österreich wisse, wie heldenhaft und listig Ägypten um seine Freiheit vom britischen Joch ringe.
Heldenhaft und listig. Mir klingen diese bei-

den Worte noch heute in den Ohren. Es war kurz vor Mittag. Wir standen auf einer Sanddüne und schauten zum Kanal hinunter, in dessen träge fließendem, ockerfarbenem Wasser sich der Himmel spiegelte. Entlang des Ufers dehnte sich, wie von einem Lineal gezogen, das Zeltlager der Engländer.
»Soweit haben wir sie schon aus unserem Land gedrängt. Von hier werden wir sie auch noch wegbringen!« sagte der Minister.
Plötzlich kam Bewegung in unsere kleine Gruppe. Ein junger Offizier flüsterte Seiner Exzellenz was ins Ohr, ein kurzes Nicken, dann bewegte sich ein kleiner, magerer Mann in einer schmuddeligen Abaya, dem nachthemdartigen langen Gewand, auf uns zu. Heftig gestikulierend und mit einem breiten Grinsen nahm er vor dem Minister Aufstellung, salutierte und ließ dann wortlos und gestenreich seine Suada hören.
Der Palaver dauerte ziemlich lange. Ich verstand kein Wort, aber an den Mienen der Umstehenden merkte ich, daß der Mann meinen Begleitern eine frohe Botschaft gebracht haben mußte. Denn auch sie lachten, ein paar

klatschten sich sogar vor Vergnügen auf die Schenkel.
Schließlich konnte ich meine Neugier nicht länger unterdrücken: »Was gibt es denn so Interessantes?«, fragte ich.
»Es ist mir ein Vergnügen, Ihnen berichten zu können, daß heute nacht das Lager der Engländer bei Suez, rund 200 Zelte, in Flammen aufgegangen ist!«, erklärte der Minister. »Es wird Sie als Journalistin sicher interessieren, wie wir das zustande gebracht haben. Natürlich mittels einer List. Dieser gute Mann hier«, und er deutete auf den Alten im Nachthemd, »kam auf die glänzende Idee, sämtliche Katzen der Gegend zusammenzufangen, ihre Leiber mit benzingetränkten Fetzen zu umgürten und sie dann anzuzünden. Nun, die Herren Engländer mögen Katzen bekanntlich sehr. Sie teilen mit ihnen ja sogar ihre Mahlzeiten. Die Tiere sind zu ihren Wohltätern gelaufen und haben für uns die Zelte angezündet!«
»Um Gottes Willen, das kann doch nicht wahr sein!«, entfuhr es mir. Ich starrte abwechselnd auf den Minister und seine Begleiter. Ich konnte, ich wollte einfach nicht glauben, daß

zivilisierte Menschen über einen solchen Akt der Rohheit lachen, sich über einen derartigen »Sieg« freuen können.

Allmählich stiegen den Herren doch Zweifel auf, ob ich die Sache aus demselben Blickwinkel wie sie sah. Und in die lastende Stille sagte der Herr Minister, sichtlich irritiert: »Nun, Mademoiselle, ich sehe, Sie können unsere Genugtuung über diesen gelungenen Streich nicht teilen. Aber vergessen Sie nicht: Im Krieg und in der Liebe ist alles erlaubt!«

Schon ganz kleine Katzen haben ihre speziellen Gewohnheiten. Sie besitzen Phantasie und sind sehr eigenwillig. Moritz beispielsweise, der vierte seines Namens, ein schöner »Gefleckter« mit weißen Beinen, gab sich nicht damit zufrieden, unter Bäumen und Sträuchern auf der Wiese oder im Rosenbeet »hinaus« zu gehen. Nein, es mußte die Hydroponik-Kiste mit den wuchernden Hauswurzen sein! Das ärgerte meinen Mann, denn er züchtet Hauswurzen für sein Leben gern. Bis jetzt hat er es auf 52 Sorten gebracht.
Als er nun Moritz das erstemal mitten in all der weiß und rot und gelb blühenden Pracht sein Geschäft verrichten sah, fuhr er dazwischen. Dem armen kleinen Kater ging der unkontrollierte Wortschwall, das donnernde »Gehst weg!« derart durch Mark und Bein, daß er sich nur mit einem Sprung aufs Dach retten zu können glaubte.

Schlechte Gewohnheiten verderben die guten Sitten. Von da an war Moritz öfter in luftiger Höhe zu finden. Und mit der Zeit pflegte er sich nachmittags, zur Stunde der Siesta, überhaupt nur noch auf einem schmalen, eigentlich ganz und gar unbequemen Plätzchen zwischen First und Schornstein aufzuhalten. Einmal überraschte ich ihn, wie er sich gierigen Blicks und mit ganz niedrig gehaltenem Gestell einem Spatzennest neben der Regenrinne näherte. Selbstverständlich suchte ich sofort dreinzufahren. »Moritz, marsch, weg da!«, rief ich. Haben Sie schon einmal eine Katze erlebt, die aufs Wort geht? Die folgt? Ich nicht! Und hätte ich nicht im allerletzten Moment meinen Schuh ausgezogen und aufs Dach geschleudert, wär's um die laut piepsende, von ihren aufgescheuchten Eltern ängstlich umflatterte Spatzenschar geschehen gewesen.
Wie das Abenteuer (für mich) ausging, habe ich in einer Tagebuchnotiz vom *April 1975* festgehalten:

– Zu dumm, lese ich da und habe das Bild ganz plastisch vor mir, den Moritz habe ich zwar

heute nachmittag vom Dach vertrieben, wer aber holt mir jetzt meinen zwischen den Schindeln verfangenen Schuh herunter? Keine unserer Leitern reicht so hoch hinauf. Und alle unsere Versuche, seiner mittels verlängerter Besenstiele und vom letzten Wasserrohrbruch übriggelassener Eisenrohre habhaft zu werden, mißlangen.
Als wir die Aktion nach einer halben Stunde abblasen wollten, wen erblicke ich da mit hochaufgerichtetem Schweif und lustig nach vorn gerichteten Ohren zu meinen Füßen? Moritz und seine Mutter Maxi! Beide waren sichtlich aufgeräumt. Der Kater quittierte jedes Hochheben des Rohrs mit einem fast zwei Meter hohen Sprung aus dem Stand, und Maxi haschte nach den Wassertropfen, die sich in seinem Innern verfangen hatten und nun bei jeder Bewegung als sachter Regen zu Boden fielen.
Schließlich hatte Hans eine Idee. »Am besten lassen wir den Schuh, wo er ist. Vielleicht kommt er von selber herunter!«, sagte er.
»Von selber?« Ich war verärgert, und das hörte man mir an.

»Na ja, vielleicht hilft der Kater nach. Neugierig genug wär er ja. Der ist doch überall dran. Dem wird es keine Ruhe lassen, daß da oben was hängt ...«
Skeptisch ging ich ins Haus. Abends, wir hatten uns gerade zum Nachtmahl gesetzt, hörten wir plötzlich aus der Halle ein merkwürdig scharrendes Geräusch und dann das für Moritz bereits charakteristische tiefe, von hohen Stakkatotönen durchsetzte Knurren.
»Der wird doch nicht!«, lachte Hans, sprang auf und eilte in die Halle. Von dort drang wenig später ein Dialog an mein Ohr, der, streng genommen, ein Monolog war. Denn Hans redete, und Moritz gab nur ab und zu einen Laut von sich, der sich wie ein langgezogenes »Pfuuuuuuuhh« anhörte:
»Ja Moritzerl, was haben wir denn da? Was bringst du uns denn?«
»Pfuuuuuuuhhh ...!«
»Na, so gib doch her!«
»Pfuuuuuuuhhh ...!«
»Geh, zerbeiß doch nicht den Riemen!«
»Krrrrr ... pfuuuuhhh ... chhhhhhooooo!«
»Also, das ist doch unglaublich!«

Ich hatte mich erhoben, war ebenfalls in die Halle geeilt – und sah Hans bäuchlings auf dem Boden liegen. Er suchte dem Kater, sehr zart allerdings, meinen Schuh zu entreißen, den dieser, in eines der Riemchen verbissen, offenbar nicht loslassen wollte.
War das überhaupt mein Schuh? Nach seinem Aussehen zu schließen, mußte er schon vor Stunden von Moritz vom Dach gezerrt und in wilder Hatz über die Terrassensteine geschleift worden sein. Das Oberleder wies jedenfalls unzählige Runen auf, und daß es einmal rot gewesen war, konnte man kaum mehr erkennen.
Der langen Rede kurzer Sinn: Wir haben den Schuh an diesem Abend nicht mehr gesehen. Moritz schleifte ihn unter die Sitzbank und verbiß sich in ihn. Die halbe Nacht hörten wir sein lustvolles Brummen und Knautschen. Als ich am Morgen die Treppe herunterkam, gab es nur noch Sandalenfragmente. Moritz aber lag sichtlich erschöpft inmitten der zerbissenen Lederreste und schlummerte.

3. Mai. Mit diesem Kater erleben wir ununterbrochen Ungewöhnliches. Heute hat er ein unfreiwilliges Bad genommen. Und das kam so: Am Vormittag beschloß Hans, das Wasser im Schwimmbassin zu erneuern, und er brachte deshalb die elektrische Pumpe in Stellung. Moritz, wie immer maßlos neugierig, begleitete ihn, sprang auf den Mauerrand, stolperte über einen dort liegenden spitzen Stein, glitt aus und landete mit einem Köpfler im Becken. Für Sekundenbruchteile verschwand er unter der Wasseroberfläche. Dann erschien sein Kopf, er kniff die Augen zu, als würde ihn etwas blenden, derweil war es ja nur eine mimische Äußerung seines grenzenlosen Unmuts über dieses ebenso nasse wie kühle Abenteuer. Katzen mögen ja kein Wasser. Sie können zwar schwimmen, aber wenn sich die Berührung mit dem nassen Element vermeiden läßt, ist es ihnen lieber. Natürlich sprang Maxi, die ihren Sohn gefühlsmäßig noch nicht abgenabelt hat, obwohl er längst über das Kindesalter hinaus ist, sogleich auf den Bassinrand und äugte erschrocken ins Wasser. Ich weiß nicht, ob Moritz das rettende

Ufer so leicht aus eigener Kraft erreicht hätte. Ein paar Augenblicke sah es so aus, als würde ihm Maxi zu Hilfe eilen und sich ins Wasser stürzen wollen. Aber da hielt ihm Hans bereits ein langes Holzbrett entgegen. An dem krallte er sich fest und lag Sekunden später auf dem Trockenen. Natürlich bin ich gleich ins Haus um ein Handtuch gelaufen. Als ich wieder in den Garten kam, bot sich mir ein geradezu idyllisches Bild. Moritz lag rücklings im Gras, hielt die Augen geschlossen, hatte alle viere von sich gestreckt und ließ sich von seiner Mutter abwechselnd längs und gegen den Strich trockenlecken. –

– *20. Mai.* Heute nacht hörte ich auf der Katzentreppe lautes Schreien, und gleich darauf plumpste Mentschi ins Zimmer. Ich wollte mich schon umdrehen und ihn gar nicht weiter beachten, da begann er plötzlich jämmerlich zu miauen. Ich drehte das Licht an und erstarrte. Mentschis Gesicht war eine einzige, klaffende Wunde. Von der Stirn rechts und links der schwarzen Nase und aus der Kehle tropfte das Blut in Strömen und das Schwanzende war, offenbar durch einen Biß oder Schnitt, bis auf einen dünnen Haut- beziehungsweise Fell-»Steg« durchtrennt.
»Hans«, rief ich, »bitt dich, wach auf! Schau dir den Mentschi an. Ich glaub, der ist von einem wilden Tier überfallen worden!« Als hätte Mentschi verstanden, daß ich mir keinen Rat wußte, möglicherweise aber Hans, sprang er mit einem langgezogenen, durch Mark und Bein gehenden »Miau« in sein Bett.

»O je, der schaut übel aus!« sagte Hans. Er stand auf, holte die Katzendecke vom Fauteuil, breitete sie über das untere Ende des Betts und legte den Kater darauf. Dieser ließ sich widerstandslos alles gefallen. Mit einem Blick, der ausdrücken sollte: Hilf mir, weil ich mir selbst nicht helfen kann! streckte er sich aus und drückte die Augen zu. Ich sprintete indessen zur Hausapotheke und holte das mir seinerzeit vom Tierarzt überreichte Desinfektionspulver. Damit bestäubte ich die zahlreichen Wunden und vergaß auch nicht, dem völlig apathisch gewordenen Mentschi zum Schluß noch aus gefälteltem Pergamentpapier eine Halsmanschette anzulegen.
»Wozu soll das gut sein?« maulte Hans. »Der schaut ja aus wie die Maria Stuart!«
»Ja, weißt du denn nicht, daß jeder Tierarzt so handeln würde?« verteidigte ich mich. »Er soll doch nicht gleich wieder den Cibazol-Puder ablecken. Wenn wir ihn wenigstens ein paar Stunden daran hindern können, ist viel gewonnen. Und in der Früh fahr ich auf alle Fälle mit ihm zum Dr. Ruso nach Stockerau ...« –

Mentschis schwere Kopfverletzungen heilten nur langsam. Er bot in diesen Mai- und Junitagen des Jahres 1975 ein Bild des Jammers. Auch Dr. Ruso, dieser gewissenhafte Helfer, der alles, was da kreucht und fleucht, liebevoll und sachverständig unter seine Fittiche nimmt, reinigte die Wunden, seine Schmerzen konnte er kaum lindern. Unter dem *24. Juni* lese ich in meinem Katzentagebuch:

– Seit neun Tagen frißt Mentschi nichts, obwohl ich ihm die besten Bissen, gekochtes, faschiertes Hühnerfleisch, gesüßte Eiercreme und lauwarme Milch vorsetze. Wenn ich bei ihm bin – ich habe ihm auf der großen Sitzbank in der Halle eine Decke aufgebreitet – hebt er nur kurz den Kopf, läßt ihn aber sofort wieder sinken und schließt die Augen. Seine Nase ist eine einzige blutverkrustete Narbe. Über dem rechten Auge näßt die Wunde immer noch, obwohl ich sie mehrmals am Tag und sogar zweimal nachts mit Cabazol bestreue.
Leider kann man Katzen kaum davon abhalten, sich fortwährend zu lecken. Die Schutz-

manschette, die ich unserem armen Kater zunächst um den Hals legte, hat er sich immer wieder heruntergerissen. Daraufhin steckte ich ihn bis zur Schulter in einen Wollstrumpf. Aber auch diesen hat er zerbissen. Er stieß dabei so entsetzliche Töne aus, daß ich ihn aus Mitleid bald wieder davon befreite.
Der Tierarzt meint, Mentschi hätte, nach seinen Verletzungen zu schließen, mit einer Ratte gekämpft. »Ein Biß in die Halsschlagader, und mit ihm wär's aus gewesen!« sagte er. Mentschi hob bei diesen Worten, rein zufällig natürlich, den Kopf und schaute den Doktor mit seinen runden Bernsteinaugen so durchdringend an, als wollte er ihm jede Äußerung von den Lippen ablesen.

28. Juni. Merkwürdig, wie verschiedenartig die anderen Katzen auf Mentschis Rekonvaleszenz reagieren. Während Maxi ab und zu bei ihm vorbeistreicht, aber keine weitere Annäherung riskiert, weil ihr der Geruch des Medizinalpuders nicht behagt, mit dem ich die immer noch nässenden Wunden stuppe, legte sich Mimi heute neben ihn, bettete ihren Kopf auf seine Flanke und schlief ein. Mimi ist hochträchtig. Nach ihrem Umfang zu schließen, müßte sie mindestens Fünflinge bekommen. Für drei ihrer Kinder habe ich bereits einen guten Kostplatz. Was mit den anderen geschehen soll, weiß ich noch nicht.

1. Juli. Mimi ist heute früh in die bereits seit Tagen geöffnete, orangefarbene Kiste gesprungen. Kurz nach elf hörte ich ihren langgezogenen, durchdringenden Schrei bis in die Küche. Ich eilte zu ihr und sah es rund um ihr Bäuchlein schwarz-grau wimmeln. Kurz hintereinander hat sie drei Söhnen das Leben geschenkt. Zwei »Tigerln« und einem Gefleckten. Ich brachte ihr eine Schale lauwarme Milch und wechselte die Unterlagen. Kaum hatte ich das frische Frotteetuch eingebreitet, begann sie wieder zu schreien. Ich legte ihren Kopf an meine rechte Hand und streichelte mit der Linken ihr pralles Bäuchlein. Aber es dauerte diesmal lang, bis das vierte und letzte Kätzchen da war. Wieder ein Kater! Allerdings einer mit ganz besonders schöner Fellzeichnung. Als sie ihn trockengeleckt hatte und ich ihn in die Hand nahm, begann sie fürchterlich zu fauchen. Schnell legte ich den Kleinen zu den anderen. Die Angst, daß man ihr die Kinder nimmt, stand Mimi im Gesicht geschrieben.

2. Juli. Wir hatten wieder einmal eine schlaflose Nacht, und das kam so: Kurz nach Mitternacht, wir lagen bereits in tiefem Schlaf, schreckte ich hoch. Aus der Halle drang ein Fauchen und Brummen und Poltern bis zu uns herauf. Ich war sofort hellwach, eilte die Holzstiege hinunter, machte Licht und traute meinen Augen nicht. Vor der Kiste, in der Mimi mit ihren Jungen lag, stand hoch aufgereckt ein riesiger, grau-schwarzer Kater, ließ keinen Blick von den kleinen Katzen und knurrte.
»Wirst du weggehen! Marsch!« schrie ich.
Der Kater rührte kein Ohr, dafür wurde Hans wach. »So was! Kann man denn nicht einmal in der Nacht seine Ruhe haben!« brummte er.
»Ich bitt dich, schau dir das an!«, rief ich zu ihm hinauf.
»Fällt mir gar nicht ein. Ich will schlafen und

sonst gar nix!« brummte er. Und nach einer Weile, etwas leiser, aber für mich doch noch recht hörbar: »Verrücktes Weib ..., du mit deinen Katzen!«

Jetzt ging ich den Kater, der weder meinen Befehl, sich zu trollen, noch meine Annäherung zur Kenntnis nahm, frontal an. »Marsch, weg mit dir!« Ich wollte ihn bei den Schultern pakken, wartete, daß er sich wehren, vielleicht beißen oder kratzen würde, aber nichts geschah. Sein Körper war wie erstarrt. Erst als ich ihn aufnahm und zur Terrassentür trug, kam Leben in ihn. Blitzschnell entwand er sich meinen Händen, stieß ein kurzes wütendes »Miau ... rrr« aus und rettete sich mit einem Sprung ins Freie.

Jetzt frage ich mich natürlich, wie dieser fremde Kater ins Haus gekommen ist. Hat er die Katzenstiege entdeckt? Oder war er schon irgendwann vorher, am Abend, hereingeschlichen und hatte sich so lange in irgendeinem Winkel versteckt, bis wir im Schlafzimmer verschwunden waren? Mimi starrte jedenfalls nach wie vor die Treppe hinauf und ließ ein zorniges, langgezogenes »Miiiiiaaaauuu« ertönen. Ich streichelte sie und löschte dann das Licht. Aber an Schlaf war in dieser Nacht nicht zu denken. Denn etwa eine halbe Stunde später spürte ich plötzlich etwas Weiches, Warmes an meiner Wange und hörte ein ganz leises, feines Quieken. Ich zündete die Nachttischlampe an und – da lag eines der vier Katzenkinder neben meinem Ohr, dehnte sich und streckte sich und suchte mit seiner winzigen Zunge nach dem mütterlichen Milchquell.

»Also, das ist eine Bescherung!« sagte ich laut.

Im nächsten Augenblick sprang Mimi zu mir ins Bett und legte mir ihren zweiten Sohn auf den Polster.

»Hans, schau dir das an! So was hast du noch nicht gesehen!« Ich konnte nicht anders. Ich war einfach überwältigt von soviel Zutrauen. Das Kostbarste, was Mimi in diesem Augenblick besaß, ihre Kinder, brachte sie mir! Nun lagen alle vier auf meinem Polster, und sie legte sich dazu, als sei das die selbstverständlichste Sache der Welt.

Natürlich habe ich im Laufe dieser Nacht eine

Umbettung vorgenommen. Ich plazierte Mimi samt Polster und Familie am Fußteil, holte mir aus der Halle ein paar Diwanpolster und lag die folgenden Stunden bis zum Morgen wie ein Fragezeichen im Bett. Wer traut sich denn schon die Beine auszustrecken, wenn er vier winzige Wollknäuel und eine über alle Maßen zärtliche Katzenmutter als Schutzbefohlene zu betreuen hat?

25. Juli. Wir haben uns entschlossen, den Schwarz-Braun-Gemusterten zu behalten. Seine drei Geschwister werden in vier Wochen abgeholt. Der kleine Kater erweckt allerdings, seit er auf der Welt ist, die Eifersucht von Moritz und Mentschi. Wenn Hans mit ihm spielt, eilen die beiden herbei und schnappen ebenfalls nach dem Papierbällchen, das Hans an einer langen Schnur über den Terrassenboden zieht. Der Kleine fürchtet sich vor dieser Übermacht und verkriecht sich, jedesmal laut schnaubend, in die hinterste Hausecke. Mimi springt dann automatisch die »Feinde« ihres Jüngsten an. Eine Balgerei folgt, die nicht von schlechten Eltern ist. Erst gestern hat Mentschi bei Mimi abgeräumt. Sie muß den Bedauernswerten gerade dort am Schweif erwischt haben, wo sich vor Wochen die Ratte verbissen hat. Mentschi stieß einen markerschütternden Schrei aus und lief davon. Er geht seither sowohl Mimi als auch ihrem Kleinen aus dem Weg.

4. August. Seit gestern sind ihre Kinder für Mimi Luft. Sie hat ihre Liebe zu Moritz entdeckt, ihren Neffen! Moritz, tollpatschig und die Unschuld selbst, ahnt erst ganz entfernt, was da auf ihn zukommt. Während sie ihm ununterbrochen mit dem Hinterteil und dem hocherhobenen Schwanz ums Gesicht streicht, schließt er die Augen und atmet in tiefen Zügen ihren Duft ein. Nur am Vibrieren seiner Barthaare merkt man, daß er erregt ist. Seit sich Mimi so angelegentlich um ihn kümmert, verweigert er jede Nahrungsaufnahme. Auch sie schlabbert nur morgens und abends etwas Milch. Die beiden sind offensichtlich ganz mit sich und ihrer Leidenschaft beschäftigt.
»Wieviel Katzen haben wir eigentlich?« fragte

mich Hans heute. Als ich ihm nicht gleich Antwort gab, sagte er: »Höchste Zeit, daß deine Freunde die drei Kleinen abholen. Im übrigen: jetzt ist's genug. Wir werden Maxi und Mimi operieren lassen. Wer braucht denn jede Saison kleine Katzen ...!«–

Ist es Zufall, ist es Bestimmung? Manchmal äußern wir Gedanken, artikulieren Wünsche, die sich über kurz oder lang tatsächlich und ganz ohne unser Zutun erfüllen. Dann wundern wir uns zwar, aber die Ursachen lassen sich nur schwer erkennen.
»Wir werden Mimi und Maxi operieren lassen. Wer braucht denn jede Saison kleine Katzen?« sagte mein Mann im Sommer 1975, als es in der orangefarbenen Truhe wieder einmal vor kleinen Katzen gewurlt hat.
Bald darauf stand dieses Problem nicht mehr zur Debatte. Da verschwand Mimi eines Morgens, aber wir wurden deshalb nicht unruhig. Schließlich war sie ja als Strawanzerin hinlänglich bekannt. Als sie jedoch auch nach Monaten nicht wieder auftauchte, wurde uns klar: Irgendetwas war ihr zugestoßen. Gottlob wissen wir bis heute nicht was ...
Im Frühling darauf wurde Maxi krank. Es

ging um Leben und Tod. Aber das ahnte ich nicht, als ich eines Tages unseren hochgeschätzten Tierdoktor Ruso in Stockerau alarmierte.

»Was soll ich tun?« fragte ich ihn. »Unsere Tigerin schleppt sich schon seit Tagen völlig teilnahmslos herum. Nachts springt sie in mein Bett und rückt so dicht an mich heran, daß ich mich kaum bewegen kann. Tagsüber liegt sie, wie ein braves Hündchen, zu Füßen meines Mannes. Manchmal schaut sie uns an, als wollte sie fragen: ›Warum helft ihr mir nicht?‹«

Nun muß ich anmerken, daß man mit dem Dr. Ruso durchaus so reden kann. Man läuft nicht Gefahr, sich dabei lächerlich zu machen. Er gehört zu jenen zumindest auf dem Lande heute immer rarer werdenden Veterinären, die in der stummen Kreatur nicht nur das Nutzvieh sehen, sondern auch die emotionelle Bindung zwischen Mensch und Tier beziehungsweise vice versa begreifen und respektieren.

»Frißt sie?«, war seine erste Frage.

»Wenig!«, antwortete ich.

»Hat sie vielleicht Junge bekommen?«, wollte er wissen.
»Ja. Eines!«
»Und wann war das?«
»Vor fünf Wochen!«
»Ist Ihnen sonst noch was an ihr aufgefallen?«
»Ja, sie leckt sich fast ununterbrochen. Es ist da eine merkwürdige Absonderung ... schaut wie Eiter aus ...«
»Aha ... dann bitte setzen Sie das Tier in einen Korb und kommen Sie sofort her!«
Jetzt begann mir zu dämmern, daß Maxi schwer krank, ja möglicherweise in Lebensgefahr war.
»Ist es etwas Ernstes, Herr Doktor?«
»Ich glaube ja!«, erwiderte er. »Kommen Sie schnell!«
Wir setzten Maxi in ihren Korb und fuhren los. Als wir sie eine halbe Stunde später auf den Untersuchungstisch stellten, machte sie keinen Mucks. Sie fauchte nicht, sie kratzte nicht, sie schaute nur auf mich. Ich hielt sie an den Vorderbeinen und redete ihr gut zu. Selbstverständlich war sie nervös, ver-

schreckt. Aber ihr Benehmen in dieser ungewohnten Umgebung entsprach ihrem sanften Charakter und ihrem Vertrauen zu uns.

»Ist das ein braves Tier!«, lobte der Doktor, hob ihren Schweif und schob ihr sanft das Fieberthermometer unter. »42 Grad … o je …«, sagte er und machte ein bedenkliches Gesicht. Dann nahm er sie mir aus den Händen, stellte sie im rechten Winkel zu sich auf den blechbeschlagenen Tisch und tastete ihren Bauch ab. »Die Gebärmutter ist ums Vierfache vergrößert und voller Eiter«, sagte er. »Höchste Zeit. Ein paar Tage später, und man könnte sie nicht mehr retten!«

Was dann geschah, steht in meinem Katzentagebuch genau verzeichnet.

– *23. Mai.* Jetzt ist es fast zehn Uhr. Eine herrliche Nacht. Der Mond hängt wie ein silberner Lampion vor den Fenstern. Vorhin habe ich einen riesenhaften schwarzen Kater ums Haus streichen sehen. Sicherlich sucht er die Maxi. Ach Gott, die Arme, wie traurig sie wohl sein wird! Vor viereinhalb Stunden haben wir sie bei Dr. Ruso zurückgelassen. »Am besten, sie bleibt mitsamt ihrem Korb da. Dann hat sie wenigstens etwas, woran sie gewöhnt ist!«, sagte er. »Morgen früh, sehr zeitig, werde ich sie operieren. Mittags können Sie mich anrufen. Und übermorgen können Sie sie, wenn alles gutgeht, heimholen!«

Wenn alles gutgeht ... Wir schlichen wie die Belämmerten aus der Ordination. Ohne einen Blick zurück.

Während der Fahrt nach Untergrub sprachen wir kein Wort. Aber als Hans die Haustür aufsperrte und uns Burli, Maxis winzig kleiner Sohn, entgegengehoppelt kam, beugte er sich zu ihm herunter, hob ihn auf und sagte, als könnte er's verstehen: »Wegen dir, du kleiner Kerl, muß deine Mutter jetzt so leiden ...«

Jetzt schläft Burli in der Truhe, Hans sitzt in der Halle vor dem Fernsehapparat, aber ich weiß genau, daß er, so wie ich, an Maxi denkt.

Natürlich ist er theoretisch besser dran als ich. Denn im Gegensatz zu mir spielt ihm die Phantasie nur selten Streiche. Seine Gedanken sind nüchterner Art und von der Vernunft beherrscht. »Sei froh, daß wir noch rechtzeitig

draufgekommen sind, wie krank sie ist. Es hätte ja auch anders kommen können ...«, sagte er betont gelassen, als ich über die »arme Maxi in ihrem Kellerkäfig« zu jammern anfing.
Aber ich kann halt das Bild nicht aus meiner Vorstellung streichen: Maxi hinter Gittern, inmitten all der fremden, furchterregenden Geräusche und Gerüche. Allein, im Finstern, ohne ein Wort des Zuspruchs. »Sie wird nicht wissen, wie ihr geschieht. Sie wird sich verraten und verkauft vorkommen!«
»Geh, hör auf!« Das klang fast unwirsch, das war eine Zurechtweisung. Aber ich kenne Hans. Wenn ihm etwas unter die Haut geht, will er nie darüber reden. Und schon gar nicht klagen. So bleibt auch mir nichts anderes übrig, als zu schweigen ...

24. Mai, 10 Uhr morgens. Ich habe schlecht geschlafen, fühle mich wie gerädert. Vor zehn Minuten habe ich in der Ordination angerufen. »Mein Mann operiert Ihr Katzerl um 2 Uhr nachmittags. Bitte rufen Sie am Abend an!«, sagte mir Frau Ruso.

Ich verordne mir selber eine Arbeitstherapie. Ich gehe jetzt in den Garten, die drei Rosenbeete vom Unkraut befreien und die untere Wiese mähen. Wenn ich fertig bin, ist der zweite Anruf fällig.
17 Uhr. Aus dem Mähen ist nichts geworden. Wir haben nachmittags überraschend Besuch bekommen. Eine ältere Dame, die nicht oft genug beteuern konnte, wie verrückt sie nach Katzen ist. Als ihr dann Moritz unversehens auf den Schoß sprang, zuckte sie zurück und stieß einen so markerschütternden Schrei aus, daß Mentschi, jäh aus der Siesta gerissen, wie von Furien gehetzt über die Terrasse jagte und hinterm Stadel in Richtung Tannenwäldchen verschwand.
»Unsere Gäste müssen Katzen nicht lieben. Wir sind nicht einmal böse, wenn einer Tiere überhaupt nicht mag. Nur antun soll er ihnen nichts!« Ich konnte mir nicht helfen, ich mußte ihr das sagen. Denn solche Art von Heuchelei bringt mich in Harnisch.
»Ich bitte Sie, meine Liebe«, erwiderte die Dame sichtlich gekränkt, »wie kommen Sie darauf?«

»Na«, sagte ich, »weil Sie wie von der Tarantel gestochen zurückgefahren sind.«
»Nun – eigentlich haben Sie recht«, kam da zögernd die Antwort, »ich habe Vögel lieber. Sie sind so klein und zierlich. Sie piepsen so nett und machen keine Umstände. Ehrlich gesagt, wenn ich gewußt hätte, daß Sie Katzen haben, wäre ich hier nicht aufgetaucht. Ich fürchte, mein Jaromir wird riechen, daß ich mich mit seinen ärgsten Feinden abgegeben habe ...«
»Wer ist Jaromir?«
»Jaromir heißt mein Sittich«, antwortete die Dame spitz. »Im übrigen bin ich schon viel zu lange hier. Jaromir ist gewöhnt, vor der Dämmerung noch eine halbe Stunde im Zimmer herumzuschwirren ...!«
18.30 Uhr. Seit einer halben Stunde sind wir die Frau Professor W. los. »Eine schreckliche Ziege!«, sagte Hans lakonisch, nachdem sie in ihrem »Mini« abgezischt war. Ich aber, mit allen Gedanken schon wieder bei Maxi, hängte mich ans Telefon.

25. Mai, 10 Uhr. In einer Stunde fahren wir zu Maxi! Gestern abend, punkt sechs, sagte mir

Dr. Ruso am Telefon: »Ihre Katze ist wohlauf. Seit zwei Stunden sitzt sie schon! Sie können sie morgen vormittag heimholen!«

Mir fiel ein Stein vom Herzen. »Hat sie große Schmerzen?«, wollte ich wissen.

»Ich habe ihr eine Spritze gegeben. Es ist nicht arg!«, erwiderte er.

12 Uhr. Ich sitze an meinem Schreibtisch, vor mir liegt Maxi und starrt mich aus schläfrigen Augen an. Ich glaube, diese Freude, wieder daheim zu sein, war fast zuviel für sie. Sie ist ein so gutes, liebes Tier. Als wir sie in der Ordination abholten, saß sie auf dem Behandlungstisch und rührte sich nicht. Ich nahm sie ganz zart auf den Arm. Da begann sie leise zu schnurren.

»Sie hat seit achtzehn Stunden alles verhalten. Ich wollte sie nicht noch einmal kathedrisieren. Möglicherweise passiert was auf der Fahrt!«, warnte uns der Doktor.

Drei Kilometer vor Untergrub begann Maxi leise zu miauen. Sie wurde unruhig, versuchte aus dem Korb zu springen.

»O je, jetzt geht's los!«, sagte Hans.

»Red ihr gut zu, sie versteht es!«, rief ich.

»Na, wenn du meinst.« Leise sprach er auf sie ein. Vor dem Gartentor machte Maxi einen Sprung und flüchtete in die Wiese. Dort ließ sie ihren Gefühlen endlich freien Lauf ...–

Maxis Wunde heilte rasch. Als ich nach fünf Tagen von Wien kam, war sie fast schon zur Narbe geworden. Was mich (und noch mehr Maxi) allerdings störte, war ein stecknadelgroßer Knoten, der an ihrem Ende aus dem schnell wachsenden Haarflaum ragte. An diesem »Operationsknopf« hat das gute Tier in der Folge fast Tag und Nacht gekiefelt. Immer wieder suchte es ihn zwischen die scharfen Schneidezähne zu bekommen und abzubeißen. Aber das gelang nicht.
»Sollte man vielleicht noch einmal mit ihr zum Doktor gehen?«, fragte ich meinen Mann.
»Geh, was fällt dir ein? Wieder Geld ausgeben?!«
Das leuchtete mir zwar ein, aber höher als die zweihundert Schilling mehr oder weniger im Portemonnaie schätze ich Wohlergehen und Zufriedenheit meiner geliebten Tiere. Doch bevor ich mich erneut zum Tierarzt auf den

Weg machte, löste sich das Problem von selbst.
Eines Tages war es Maxi zu dumm: Sie wollte den Knoten loswerden. In einer Art von Wutanfall warf sie sich plötzlich zu Boden, legte sich auf den Rücken, machte die Wirbelsäule krumm, öffnete ihr Maul und biß sich genau dort ins Fleisch, wo der Knoten herausragte. Sie begleitete diese Selbstoperation mit lautem Knurren, das schließlich zu schmerzvollem Fauchen anschwoll.
»Maxi, was ist denn? Was machst du? Um Gottes willen, Hans!«, rief ich. »Die beißt sich selbst ins Fleisch!«
»Laß sie nur. Sie handelt ganz nach ihrem Instinkt!« Mein Mann blieb ganz ruhig und schaute Maxi interessiert zu.
Unter dem *11. Juli, 5 Uhr nachmittags,* steht in meinem Katzentagebuch folgende Notiz zu lesen:

– Ich bin einfach weg. Maxi hat sich, weil sie den Operationsknopf nicht mehr länger ertragen wollte, ein Stück Fleisch aus der Bauchdecke gerissen! Gottlob ist nichts weiter passiert, als daß sie ein paar Minuten heftig blutete. Ich kam gleich mit dem Cibazol-Puder, aber sie schleckte es sofort weg. So ließ ich sie in Frieden. Jetzt liegt sie ausgestreckt im Gras, schaut recht munter drein, so als wollte sie sagen: »Merk dir, wenn ich mir selber helfen kann, tue ich's ...«

25. Juni: Burli entwickelt sich langsam, aber sicher zum Haustyrann. Seiner schlafenden Mutter springt er mir nichts, dir nichts ins Gesicht und verbeißt sich abwechselnd in ihrem rechten und linken Ohr. Wenn wir mit ihm spielen, hat er immer die Krallen draußen. Wir sind das nicht gewöhnt, denn bisher waren alle unsere Katzen sehr zahm und zärtlich. Dieser kleine Kater aber ist die Ausnahme. Von Tag zu Tag wird er unberechenbarer. Von einem Moment zum anderen springt seine Stimmung um. Man weiß bei ihm nie, wie das Spiel ausgeht. Meine Hände schauen aus, als hätte ich in die Brennesseln vor dem Heustadel gegriffen. Unzählige kleine Kratzer und Bisse seiner nadelscharfen Zähnchen.
»Mir hat er das nur einmal gemacht!«, gab sich

Hans heute martialisch, als er von dem kleinen Kerl gar eine auf die Nase bekam.

»Geh«, sagte ich, »du wirst dir doch nicht einfallen lassen, dieses kleine Tier zu schlagen!?«

»Und ob!«, erwiderte er. »Erziehung nennt man das. Wenn der nicht beizeiten lernt, wer hier der Herr ist, macht er ja mit uns, was er will!«

Genauso war es. Aber Burli läßt sich nicht zähmen. Wenn er hungrig ist, kommt er scharwenzeln. Er reibt seine Nase, seinen Bart an unseren Händen und an den Beinen, er streicht um die Fauteuils, tappt in die Luft, als wollte er dort oben das seiner Ansicht nach längst fällige Menü urgieren. Aber kaum ist sein Wanst voll, beginnt er zu knurren und zu brummen, fährt die Krallen aus wie ein Flugzeug sein Fahrgestell und erweist sich als ganz und gar unzugänglich.

»Der Konrad Lorenz schreibt in einem seiner Bücher über die Aggression bei Tieren. Ich muß es mir kaufen!«, sagte ich eines Tages zu meinem Mann.

»Von mir aus!«, brummte er. »Aber wegen

dem Kater wäre das nicht nötig. Wenn der nämlich so weitertut, schmeiß ich ihn einfach bei der Tür hinaus. Das ist ja kein Haustier, das ist ja eine reißende Bestie!«

»Geh, übertreib doch nicht so!« Ich sah für den Kleinen plötzlich Gefahren herandämmern.

»Du wirst doch dem Burli nichts tun! Er kann ja nichts dafür, daß er so böse ist. Wer weiß, wer sein Vater war. Von der Maxi hat er diese Wildheit sicher nicht!« »Du, das ist mir ziemlich wurscht, von wem er die hat«, gab Hans daraufhin unbeeindruckt zur Antwort. »Wir machen alles, damit er's gut hat, und er beißt und kratzt und ist kaum zu bändigen!« –

Tiere spüren, in welcher Stimmung wir sind. Instinktiv orten sie unsere Gefühle. Sie wissen um unsere seelische und körperliche Verfassung. Sie nehmen – auf ihre Art – Anteil an unseren Freuden und an unserem Leid.
Die Herbsttage des Jahres 1976 verliefen für mich turbulent. Außerdem zählen sie zu den traurigsten meines Lebens. Denn meine Mutter lag im Sterben. Zu dieser Zeit war mein Mann mit einem Freund in Spanien unterwegs. Er hatte sich nur zögernd zu dieser Reise entschlossen. Denn er wußte genau, daß es für mich eine arge Belastung sein würde, täglich zwischen unserem Haus auf dem Land und der Wiener Wohnung zu pendeln.
Acht Jahre hatten wir wegen der Katzen auf gemeinsame Reisen verzichtet. Sie in ein Heim zu geben, wiesen wir als Zumutung zurück. Wir wollten sie nicht ihrem gewohnten Lebensraum entreißen. Sie waren die Freiheit

gewohnt. Deshalb kam auch eine Übersiedlung in die Stadtwohnung nicht in Frage. So hatten wir die Ferien ausschließlich in Untergrub verbracht. Im September ergab sich plötzlich die Gelegenheit, für drei Wochen in den Süden zu fahren.
»Ich kann hier nicht weg, du hast Zeit!«, sagte ich zu Hans.
Zwei Tage nach seiner Abreise kam meine Mutter nach einem Unfall in hoffnungslosem Zustand ins Spital. »Es kann Stunden, aber auch noch Tage dauern. Hilfe gibt es für sie keine mehr!«, sagte der Arzt.
Ich verbrachte von da an jede freie Minute bei ihr. Meistens kam ich mittags und verließ sie spät am Abend. Dann fuhr ich ins Haus hinaus. Die Katzen warteten auf mich.
Maxi saß immer auf den Steinstufen des Stiegenaufgangs. Wenn ich das Gartentor aufsperrte, kam sie mir sehr langsam und majestätisch entgegen. Wer an das freudig-aufgeregte Begrüßungsgebell von Hunden gewöhnt ist, dürfte angesichts der still-diskreten Art, wie eine Katze ihre Freude ausdrückt, enttäuscht sein. Nur am kerzengerade aufragen-

den Schweif, am feinen Zittern ihrer Barthaare, dem leisen, aber intensiven Schnurren, mitunter auch an einer drehenden Kopfbewegung, erkennt man, daß sie fröhlich ist.
Burli wartete im Vorraum. Er hockte in Sphinx-Stellung neben dem bemalten Regenschirmschaffel und erhob sich erst, wenn ich ihn am Kopf zu kraulen begann. Meistens stand das Futter, das ich am Morgen bereitgestellt hatte, unberührt an seinem Platz. Erst nachdem die erste Widersehensfreude verraucht war, machten sich Mutter und Sohn heißhungrig darüber.
Mentschi tauchte immer erst später auf. Er ist der Zärtlichste von allen. Er macht Männchen wie ein Hase und hakt sich mit den Krallen seiner Vorderpfoten an meinem Rocksaum fest. Bevor er dort ein paar Löcher reißen kann, nehme ich ihn auf den Arm. Dann geht die Schnurrerei erst richtig los.
Am 15. Oktober kam ich erst knapp vor Mitternacht in Untergrub an. Ich sperrte die Tür auf, aber mir war nicht nach zärtlicher Begrüßung zumute. Sechs Stunden vorher hatte ich von meiner Mutter endgültig Abschied ge-

nommen. Alles verschwamm in meinen Tränen. Ich schlich die Holztreppe hinauf und legte mich angezogen aufs Bett.
In dieser Nacht löschte ich das Licht nicht aus. Ich starrte die Decke an, begann die Holzbalken und die weißen Mauerquadrate zu zählen. Ich sehnte mich nach Schlaf, aber der kam nicht.

– *16. Oktober, 7 Uhr früh.* War das alles nur Einbildung? Ein Traum? Oder gar die Ausgeburt meiner aufgewühlten Phantasie? Ein paar Minuten, nachdem ich mich gestern niedergelegt hatte, sprang Maxi aufs Bett und drückte sich unter meinen rechten Arm. Gleich darauf folgte ihr Burli. Er legte sich mir auf die Brust. Ein paar Minuten später kam Mentschi. Zunächst starrte er mich an, als wollte er erkunden, ob er willkommen sei. Dann begann er meine linke Hand zu lecken.
Die drei blieben bis zum Morgengrauen bei mir. Ich weiß nicht, ob jemand begreifen kann, was ich in diesen Stunden empfunden habe. Plötzlich wurde mir ganz eigen zumute, ich war nicht mehr allein. Die Wärme der drei

Katzenkörper tat mir wohl, aber ihr Da-Sein war für mich vor allem ein seelischer Trost. Langsam begann ich Maxi zu streicheln. Dann Mentschi. Schließlich muß ich eingeschlafen sein. Als ich aufwachte, waren alle drei noch da, obwohl sie sonst um diese Zeit längst im Garten flanieren.
Ob das ein Zufall ist? »Sicherlich!«, würde Hans sagen. Ich bin da nicht ganz so sicher. Jedenfalls hat mich diese Nacht um eine wertvolle Erfahrung bereichert: Tiere freuen sich nicht nur, wenn wir fröhlich sind. Sie sind auch ein Trost, wenn wir uns in Schmerz und Leid allein fühlen.

19. Oktober. Gestern hat Hans aus Monte Carlo angerufen. Er ist schon auf der Rückfahrt. Seine erste Frage war: »Ist alles in Ordnung?«
»Ja!«, sagte ich.
Er weiß nichts vom Unfall und nichts vom Tod meiner Mutter. Er würde stante pede heimfliegen. Das will ich nicht. Er soll seine letzten Urlaubstage unbeschwert genießen.

22. Oktober. Heute vormittag war das Begräbnis. Danach bin ich mit den Verwandten hierher gefahren. Die Katzen nahmen gleich Reißaus. Soviel fremde, schwarz angezogene Leute machten sie kopfscheu. Am liebsten hätte ich mich allein in eine Ecke verkrochen und stundenlang geheult. Statt dessen mußte ich ein paar Gänge auftischen. Um den Leichenschmaus kommt man halt nicht herum, der ist Tradition. Obwohl ich nicht verstehe, wie Menschen, die ehrlich trauern, die aufgewühlt sind, solche Mengen verdrücken können, wie das bei meinen Gästen der Fall war.
Ich habe von den Schnitzeln und gebratenen Hendeln keinen Bissen angerührt. Aber der Duft lockte Mentschi herbei. Als er sich, auf einen delikaten Happen hoffend, unter dem Sessel meiner Cousine auf die Lauer legte, stand sie plötzlich auf und trat ihm mit voller Wucht auf die linke Pfote. Ein geradezu menschlich anmutender Schrei des Katers war die Folge. Ich wollte schauen, was passiert war, doch er hat sich irgendwo verkrochen, ich kann ihn bis jetzt nicht finden.

24. Oktober, 7 Uhr morgens. Mentschi hat die Pfote arg lädiert. Unglücklicherweise ist der Dr. Ruso nicht erreichbar. Ich werde wohl oder übel mit ihm nach Wien fahren müssen.

24. Oktober, 11 Uhr nachts. War das ein Tag! Nie hätte ich gedacht, daß Mentschi so wild werden könnte. Als ich ihn in den Katzenkorb verfrachtete, fauchte und biß er, als würde ich ihm nach dem Leben trachten. Im Wagen stellte ich den verschlossenen Korb auf den Vordersitz und merkte nicht, daß Mentschi mit der gesunden Pfote so lange an der Verschnürung zerrte, bis er sie geöffnet hatte. Plötzlich, es war auf der geraden Straße zwischen Sierndorf und Stockerau, befreite er sich mit einem Sprung aus seinem »Kerker« und setzte sich mir – man muß sich das nur vorstellen! – auf die Schulter.

Nur mit Müh und Not brachte ich ihn wieder in den Korb hinein. Dabei kam ich seiner schmerzenden Pfote zu nah, und er biß mich in die rechte Hand. Jetzt sind wir seit zwei Stunden aus Wien zurück. Der Arzt im Tierspital hat ihm einen dicken Verband verpaßt, den er nicht so leicht abstreifen kann. Marias »Tritt« hat ausgegeben. Die Operation dauerte über eine Stunde. Jetzt liegt mein Kater, von der Narkose noch leicht umnebelt, neben mir auf der Sitzbank in der Eßecke und gähnt in einer Tour. Fressen wollte er nichts. Aber er hat fast einen halben Liter Milch geschlabbert.

26. Oktober. Heute hat einer Mentschi nachgeschossen. Ich bin wie eine Furie den Weg zum Stadel hinaufgerannt. Von dort kam der Knall. Aber der Schießer hat rechtzeitig Fersengeld gegeben. Ich mache mir Sorgen. Wenn Mentschi nicht daheim, innerhalb unseres Bereiches bleibt, sehe ich schwarz für ihn. Es gibt Leute, denen es Spaß macht, auf ein wehrloses, verletztes Tier anzulegen. –

Von allen unseren Katzen ist nur Maxi musikalisch ansprechbar. Ich weiß schon: Tierliebe, schön und gut. Aber das geht zu weit, wird jetzt mancher über mich den Kopf schütteln. »Nun dichtet sie gar ihrer Lieblingsmieze Talente an, die sie mit Sicherheit nicht hat!«
Möglich, daß ich es mir nur einbilde. Aber ist es wirklich nur Zufall, ein Reflex und sonst gar nichts, daß unsere Tigerin, ertönt irgendwo im Haus ein Instrument oder Gesang, sofort die Ohren spitzt und sich auf schnellstem Weg dahin begibt, von wo die Laute kommen?
Als ich ihre Vorliebe für Musikalisches entdeckte, war sie noch klein. Drei, vier Monate alt. Hans hatte an einem Sommertag, zwischen Dämmerung und Abend, seine Mandoline hervorgeholt und darauf zu zupfen begonnen. Ich, gut aufgelegt, schickte sogleich ein paar Jodler in die Gegend. Da raschelte es

plötzlich in den Büschen vor dem Haus, und Maxi erschien auf der Bildfläche.
Ein Sprung und sie saß zwischen uns auf der Bank, drängte sich schnurrend an ihn und an mich. Je länger er spielte, je laute ich sang, desto fröhlicher wurde sie. Ich hab's schon einmal erwähnt: Maxi sieht man, wie keiner anderen unserer Katzen, ihre Gefühle, Behagen und Abscheu, Ärger und Lust, Erschrekken und Freude, ganz deutlich an. Ich weiß nicht, woran es liegt. Am Ausdruck ihrer Augen, an der Haltung ihres Kopfes, wie sie ihr Maul verzieht oder die Ohren stellt? An jenem Abend spürten wir deutlich, wie wohl ihr war.
»Dir paßt's, was?«, lächelte Hans und streichelte ihren Bart. Da tappte sie mit der Pfote nach einem der bunten Bänder an der Mandoline, die ihm, lang, lang ist's her, ein paar zweibeinige Katzen gespendet haben ...
Irgendwann später entdeckte ich dann, daß Maxi lieber als Singen und Spielen das Pfeifen war. Diese Vorliebe mache ich mir natürlich dann und wann zunutze. Wenn ich sie von irgendwo weglocken will, spitze ich die Lippen,

und schon ist sie auf dem Weg zu mir. Sie geht auf Pfiff. Erfahrungsgemäß allerdings nur auf meinen, was mir sehr recht ist. Denn Gefahren lauern überall.
Natürlich braucht man nicht zu glauben, daß Maxi jede Musik, jedes Instrument behagt. Sie macht da schon gewisse Unterschiede. Als eines Tages Ralph, einer unserer besten Freunde, stürmisch in die Tasten seines Konzertakkordeons griff, verschwand sie mit einem Sprung unter dem Kanapee und kam erst wieder zum Vorschein, als er mitsamt seinem ebenso teuren wie laut tönenden Instrument abgerauscht war.
Überhaupt kommt es, was Maxis musikalisches Verständnis anlangt, weniger auf die Lautstärke als aufs Melodische und die Tonlage an. Altstimmen, einen Bariton oder Baß mag sie lieber als Sopranstimmen oder Tenöre. Je tiefer, umso besser. Die perlenden Koloraturen des »Frühlingsstimmenwalzers«, »Freunde, das Leben ist lebenswert« tenoral geschmettert, sind für sie ein Grund, sich unverzüglich in Richtung Stadel zu verflüchtigen. Dagegen fängt sie prompt zu schnurren

an, wenn Schuberts »Lindenbaum« oder »Heimat, deine Sterne« sonor ertönen. Am liebsten lauscht sie der Lale Andersen. Wenn ich von der eine Platte auflege, kauert sie sich ganz dicht ans Grammophon und macht die Augen zu.

Woran es liegt? Ich weiß es nicht. Wahrscheinlich an den Schwingungen der Töne. Kühe, so habe ich gelesen, geben ja auch bei Mozart-, Beethoven- und Chopin-Musik mehr Milch, als wenn sie Schönberg oder irgendeinen »Urlatore« über sich ergehen lassen müssen. Soweit wie meine exaltierte Freundin Helga gehe ich allerdings, was das musikalische Faible meiner Lieblingskatze betrifft, durchaus nicht. Die ist nämlich davon überzeugt, daß ihr Schnauzer nur bei Mozart-Musik glücklich sein kann.

Am Stephanietag 1976 kam Besuch aus Linz. Der Sohn einer ehemaligen Freundin meines Mannes hatte sein Studium am Brucknerkonservatorium mit Erfolg beendet und wollte sich, kurz bevor er nach Darmstadt ins Engagement ging, verabschieden. Als er mit dem Geigenkasten unter dem Arm zur Tür hereinkam, schwante mir gleich Übles. Rudi, das wissen wir seit langem, ist ein Verfechter der Zwölftonmusik. Würde er sich auch diesmal in ähnlicher Weise produzieren?

Es war die Stunde der nachmittäglichen Katzensiesta, als er plötzlich seinen Fidelbogen zückte. Hans eilte sofort ins Badezimmer, um sich die Ohren mit Watte zu verstopfen, und ich machte, trotz der beißenden Kälte draußen, einen Spalt breit die Glastür auf, weil ja der fluchtartige Aufbruch von Maxi, Mentschi und Burli nur noch eine Frage von Augenblicken sein konnte. Tatsächlich jagten die beiden Kater, gleich nachdem das schreckliche Gekratze angehoben hatte, die Treppe herunter und ins Freie hinaus.

Maxi jedoch blieb, zu unserer größten Verwunderung, zunächst auf der obersten Stufe sitzen. Rudis Darbietung hätte sicher jedem »Experten« größte Achtung abgerungen. Wir jedoch, mit unserem primitiven musikalischen Gusto und dem angeborenen Hang für schöne Töne, saßen wie auf Nadeln. Und dann geschah etwas Unerwartetes. Ich hab's im Tagebuch verzeichnet.

– *26. Dezember 1976, 10 Uhr abends.* Dieser Besuch hatte uns noch gefehlt, steht da klipp und klar vermerkt. Rudi war da. Übrigens mit seiner schönen Mama, die an Hans recht unverblümt ihr nach wie vor bestehendes Interesse ausgelassen hat. Natürlich und mit Recht ist sie stolz auf ihren Sohn. Zweifellos kann er etwas. Nur leider hat er für das Konzert in diesen ländlichen Hallen eine ganz und gar unpassende Musik gewählt. Schönberg und, ach Gott, noch irgendwelche andere Moderne, die wir nicht kennen, eigentlich auch nicht kennenlernen wollten, nachdem er sie uns musikalisch, besser gesagt unter Aufbietung aller nur erdenklichen Dissonanzen, vorgekratzt hatte. Möglicherweise hätten wir (als Gastgeber kann man ja nie, wie man will) noch länger gute Miene zu diesem (im buchstäblichen Sinn!) bösen Spiel gemacht, da fuhr Maxi dazwischen. Laut fauchend mit gefletschten Zähnen, die Ohren wütend zurückgelegt, als hätte man sie ihr niedergebügelt, jagte sie plötzlich von ihrem Hochsitz über die Holzstufen zu uns herunter, stellte sich vor den heftig fiedelnden Rudi und begann, als er nicht aufhören wollte, wie ein Hund zu heulen.

Das hatte für Hans Signalwirkung: »Ich bitt dich, hör auf! Du machst uns ja die Katz rebellisch!«, japste er und lachte.

»Na, hörst du, das ist stark!« Rudis Mutter war sichtlich gekränkt, ja empört.

»Weißt«, sagte nun Hans betont ernst, »die Maxi ist erst kürzlich operiert worden. Wenn dein Sohn so weiter kratzt, platzt ihr zum Schluß noch die Bauchnarbe auf!«

Rudi hat daraufhin sehr still und sehr schnell seine Geige eingepackt. Wir entließen ihn mit den besten Zukunftswünschen und ein paar Doppellitern Wein zum Trost. Als er ins Auto stieg, sagte seine Mutter spitz zu Hans: »Du warst ja schon immer unmusikalisch. Gut, daß ich dich nicht geheiratet hab!«

»Wie wahr, wie wahr!«, lachte er und küßte ihr die Hand ...

Wie lange Mentschi den Todeskeim schon in sich getragen hat, wann sich die furchtbare Krankheit in ihm einnistete, weiß ich bis heute nicht. Sicherlich: Uns fiel eines Tages die erschreckende Magerkeit unseres Katers auf.
»Mein Gott, ist der dünn. So und nicht anders müssen Don Quichottes Rosinante die Knochen herausgestanden sein!«, sagte ich zu meinem Mann.
»Was du nur immer hast!«, erwiderte er fast ärgerlich. »Ein Tier, das halb wild lebt, das sich in der Natur herumtreibt, setzt kein Fett an.«
Zu dieser Zeit, im Frühling 1977, war Mentschi nur noch ein mit Fell überzogenes Skelett. Am Rücken konnte man jeden Wirbel zählen, der Nacken wölbte sich spitz, und die Flanken waren eingefallen. Da er nachts immer unterwegs war, tagsüber aber auf der Sitzbank in der Eßecke schlief, hatte ich ihn

viel vor mir, schenkte jedoch gern den Worten meines Mannes Glauben, daß die Ursache seiner Magerkeit einzig und allein in seiner stark ausgeprägten Liebesbeflissenheit zu suchen, also ganz natürlich zu erklären war. Damals war er noch gut gelaunt. Und er fraß doppelt und dreimal soviel wie Maxi.

»Eigentlich kommt uns der Kater ganz schön teuer«, meinte Hans, als Mentschi wieder einmal dreißig Deka Leber auf einen Sitz verschlungen hatte.

»Darüber denk ich überhaupt nicht nach!«, entgegnete ich. »Katzen sind mein Hobby. Und jedes Hobby kostet was!«

Am Ende des Sommers entdeckte ich dann, daß Mentschis ausgeprägte Lust am nächtlichen Streunen sichtlich abgenommen hatte. Er blieb jetzt abends im Haus, legte sich meistens unmittelbar nachdem wir den Fernsehapparat abgeschaltet hatten zu meinen Füßen ins Bett und blieb dort bis zum Morgengrauen. Dann verschwand er über die Katzentreppe im Garten, kehrte aber oft schon eine Viertel oder eine halbe Stunde später zurück und streckte sich wieder bei uns aus. Wenn ich im Haus war, umkreiste er mich, wollte aber nichts Bestimmtes. Er rieb nur seine Nase zärtlich an meinem Rocksaum, schnurrte laut und schaute mich mit seinen Bernsteinaugen unverwandt an.

Im Oktober merkte ich zum erstenmal, daß er beim Fressen Schluckbeschwerden hatte. Er saß vor dem mit Leberschnitten oder Hühnerjungem beladenen Teller, erfaßte heißhungrig Stück für Stück, spuckte es aber, nachdem er es übermäßig lang gekaut hatte, wieder aus.

»Wenn das so weitergeht, muß ich mit ihm zum Arzt fahren!«, sagte ich eines Tages.

Doch Hans meinte: »Ich glaub, du machst dir unnütze Sorgen. Wahrscheinlich hat er eine Verletzung im Rachen. Wenn die ausgeheilt ist, wird er auch wieder normal fressen!«

Davon war jedoch keine Rede. Unter dem *3. Nobember* habe ich meinen Verdacht, Mentschi könnte ernsthaft krank sein, zum erstenmal meinem Katzentagebuch anvertraut.

– Plötzlich frißt er nicht mehr, notierte ich. Heute nacht wurde ich plötzlich durch sein lautes Poltern wach. Er sprang beim Fenster herein, setzte sich auf mein Bett und starrte mich an. Ich stand auf und holte für ihn aus der Küche etwas Faschiertes. Mit Heißhunger stürzte er sich darauf, hörte aber plötzlich zu kauen auf und schüttelte sich.

»Schmeckt's dir denn nicht? Was ist denn los? Was ist mit dir?« Ich konnte nicht anders, ich mußte laut mit ihm reden. Da drehte er sich um, begann zu knurren und zu würgen, legte plötzlich den Kopf zur Seite und streckte sich dicht vor mir auf der Decke aus.

Es war eine Geste, die erst sehr viel später, als ich wußte, wie schwer krank er bereits zu diesem Zeitpunkt gewesen ist, richtig deuten konnte. Es war das stumme Geständnis: »Mit mir geht's zu Ende, ich leide furchtbar ...!«

Monate danach habe ich darüber sinniert, ob er damals, hätten wir gewußt, was er hatte, noch zu retten gewesen wäre. Dr. Rusos Versicherung: »Da war nichts mehr zu machen!«, hat mich dann von meinen Zweifeln befreit.
Die nächste Eintragung im Katzentagebuch ist erst am 22. Dezember erfolgt. Fünf Wochen lang bin ich nicht in Untergrub gewesen. Mit meinem Mann unterhielt ich mich nur telephonisch dreimal am Tag. Die Arbeit ist mir damals über den Kopf gewachsen. Ein Buchmanuskript mußte fertig werden, die wegen der Feiertage vorverlegten Drucktermine in der Redaktion zwangen mich, auch am Samstag und Sonntag durchlaufend zu arbeiten. Außerdem versank das Dorf in dieser Zeit im Schnee.
»Es hat keinen Sinn, nur für ein paar Stunden herzukommen. Hier ist alles in Ordnung!«,

beruhigte mich mein Mann. Ich wollte es ihm gern glauben.
Als ich dann am 22. Dezember nachmittags im Haus auftauchte, merkte ich, daß mit Mentschi durchaus nicht alles in Ordnung war. Sonst hatte er mich immer laut schnurrend, ja mit lautem »Miau« begrüßt. Diesmal rührte er sich nicht. Erst als ich dicht vor ihm stand und ihm über den Rücken strich, hob er einen Atemzug lang den Kopf, senkte ihn aber sofort wieder und machte die Augen zu.
»Frißt er?«, fragte ich Hans.
»Wenig!« gab er zu. »Ich glaube, nach den Feiertagen müssen wir ihn zum Arzt bringen!«
Am 30. rief ich Dr. Ruso an. Ich bat ihn, zu uns zu kommen. Ich wollte Mentschi die Aufregung einer Autofahrt und die Untersuchung an einem fremden Ort ersparen. Es war gegen Mittag. Wir hatten den Tisch in der Eßecke freigemacht und ein Leintuch darübergebreitet. Mentschi verkroch sich sofort unter der Sitzbank, als der Arzt das Haus betrat. Ich mußte ihn lange locken. Ein paar tastende Griffe am Bauch und Flanken, das vorsichtige Einführen des Thermometers, dann ließ

Dr. Ruso den sich heftig sträubenden Kater los und sagte, ohne mich anzuschauen: »Es ist hoffnungslos. Helfen kann man ihm nicht mehr!«
»Ist es Krebs?«, fragte ich.
»Ja, man kann die Metastasen deutlich spüren. Er kann nicht mehr verdauen.«
»Wir wollen nicht, daß er leidet!«, sagte mein Mann.
Und ich zwang mich zu der Aufforderung: »Geben Sie ihm bitte eine Spritze ...!«
Ich sehe ihn heute noch vor mir liegen. Ausgestreckt, mit brechenden Augen. Zunächst atmete er tief, dann nur noch in kurzen Stößen. Schließlich hörte das Zittern seiner Flanken ganz auf.
Ich wandte mich ab. Es war sehr still im Haus. Ich setzte mich in der Halle auf einen Sessel und hielt mir mit dem Taschentuch den Mund zu. Ich hörte die beiden Männer flüstern. Dann ging die Tür. Ich wollte mich noch bei Dr. Ruso bedanken. Mentschi hatte nicht gelitten. Aber ich war zu traurig, ich brachte kein Wort hervor.
Stunden später, als die Glocken der kleinen

Dorfkapelle das neue Jahr einläuteten, sagte Hans: »So ist es halt im Leben. Früher oder später muß man sich von allem trennen, was man gern hat ...«

Im Frühjahr beschlossen wir, endlich wieder eine gemeinsame Reise zu machen. Wir blieben drei Wochen weg und hatten die ganze Zeit über ein schlechtes Gewissen. Denn Maxi mußte allein zurückbleiben. Unsere Frau Anna sorgte zwar für sie, aber die Frage war: Wie würde das Tier diese erste Trennung von uns überstehen? Würde Maxi vielleicht gar weglaufen und, wie etliche andere unserer Katzen, danach nicht wieder auftauchen?

Sie hat diese Zeit gut überstanden. Und doch nahmen wir uns vor, das Experiment nicht zu wiederholen. Nach unserer Abreise hat sie eine ganze Woche lang die Nahrung verschmäht. Obwohl sie doch in ihrer gewohnten Umgebung war! Erst allmählich gewöhnte sie sich daran, daß ihr Frau Anna morgens und abends den Milchnapf füllte und die vorbereiteten Leberschnitten vorsetzte. Ich erinnere mich genau an den Augenblick unserer Heimkehr. Maxi saß nicht auf den Steinstufen vor

dem Haus und zeigte sich auch drinnen nicht.
Ich öffnete die Glastür zur Terrasse und rief laut: »Maxi, Maxi, wo bist du denn?«
Ihr menschlich anmutender Schrei kam wie ein Echo zu mir zurück. So aufgeregt, ja aufgewühlt hatten wir das gute Katzentier nie zuvor erlebt. Mit weit geöffnetem Maul, als ob sie lachen wollte, sprang sie zwischen mir und Hans hin und her.
»Meiner Seel, die freut sich!« sagte ich und wandte mich schnell ab, denn ich wollte Hans nicht zeigen, daß mir das Wasser über die Wangen lief.
»Jetzt fahren wir nicht mehr fort!«, sagte er, beute sich zu ihr hinunter und nahm sie auf den Arm.